1940년대 전반기 재만조선인 시 자료집

1940年代 前半期 在滿朝鮮人 詩 資料集

재만조선인 시 저작집 2

1940년대 전반기 재만조선인 시 자료집

오양호

1940年代
前半期
在滿朝鮮人
詩 資料集

역락

여기 수록한 자료는 『1940년대 전반기 재만조선인 시 연구』에서 주요한 고찰의 대상이 된 작품 원본이다. 『만선일보』 자료는 연세대중앙도서관의 마이크로필름으로 보존된 것과 한국교회사문헌연구원에서 편집한 『만선일보』(고성도서유통, 2017) 영인본이다. 자료의 영인상태가 나빠 글자가 깨어지고, 희미하고, 낙자落字가 있어 완정된 원본확정이라고는 할 수 없다. 그러나 원본이나 다름없게 고증하려 했다.

시인은 만주에 살면서 국내의 잡지에 발표한 작품은 국립중앙도서관, 국회도서관, 각 대학도서관에 소장된 원본이다. 가령 이수형의 「소리」(1942.9), 「기쁨」(1943.3), 「玉伊의 房」(1943.10)은 『朝光』, 함형수의 「이상국통신」(1940.5)은 『삼천리』, 김조규의 「馬」와 「林檎園의 午後」(1940.6) 같은 작품은 『단층』, 白石의 「당나귀」(1942.4.11.)는 『매신사진순보』, 백두산 녹림에 아지트를 틀고 관동군과 싸우는 김일성부대를 향해 항복을 종용한 공중살포 삐라 「김일성등 반국가자에게 권고문」(1941.1)은 『三千里』에서 복사, 입력했다.

『만선일보』의 지면을 훑다가 기적 같이 찾아낸 이수형의 초현실주의 산문시 「풍경수술」, 또 이수형의 문제적 현장비평 시론, 「朝鮮詩壇의 裁斷面」(1941.2.12.~22.)을 깨명석 같은 지면을 돋보기로 읽고, 복원하는 일은 정말

힘들었다. 그러나 기쁘다. 그것은 1980년부터 내가 운명처럼 만난 재만조선인 문학의 중요한 한 축을 구축하는 일이기 때문이다.

이제 미지의 시인 李琇馨, 아버지의 유언을 안주머니에 꿰매고 다니던 진골 사회주의자 함형수, 얼굴 없는 시인 한 얼 生의 시적 진실을 원본을 통해 고찰할 수 있게 되었다. 그리고 해방이 되자 북으로 간 김조규가 재만문학기에 남긴 많은 작품을 주체문예이론에 맞춰 개작했는데 그런 개작 본을 텍스트로 학위논문을 쓰는 일은 없을 것이다.

판독이 불가능할 만큼 훼손된 글자를 그대로 둔 경우가 더러 있어 완벽한 복원이라고는 할 수 없다. 그러나 이 자료집은 내가 긴 시간 많은 시간을 할애하여 구축한 최선의 결과이다. 감히 말하건데 누가 하더라도 이 이상의 작업은 불가능할 것이다. 따라서 장차 공백기, 암흑기, 친일문학기로 남아 있는 1940년대 전반기를 온전한 민족문학사로 복원하는데 이 자료집이 크게 기여할 것으로 믿는다.

역병으로 경영이 어려운데『1940년대 전반기 재만조선인 시 자료집』까지 출판을 허락해준 도서출판 '역락'에 감사의 말씀을 드린다.

2022년 4월
吳養鎬

차례

咸亨洙 편

柳致環 편

金朝奎 편

일러두기

1. 작품 배열순서는 『1940년대 전반기 재만조선인 시 연구』의 목차순을 따르는 것을 원칙으로 했다.
2. 작품의 표기는 원문대로 하였다. 원문이 오기로 판단되는 경우도 원문을 따르는 쪽을 택했다. 독해가 불가능한 경우 "○"으로 표기했다.
3. 1940년대 전반기 만주에서 활동했거나 『만선일보』에 작품을 발표한 몇몇 시인의 산문(평론, 수필)을 함께 수록한다. 당시 문학의 성격판단에 보조자료, 참고자료로 삼기 위해서 이다.
4. '이수형의 자료'에 「李琇馨은 누구인가」를 '보론'으로 수록한다. 『1940년대 전반기 재만조선인 시 연구』에 이 '보론'을 수록하지 않은 것은 작품론이 아니기 때문이고, "李琇馨=李秀亨=李秀炯"이란 등식이 성립되지 않더라도 "억압을 헤친 사회주의자-이수형론"의 논의는 문제가 없기 때문이다.

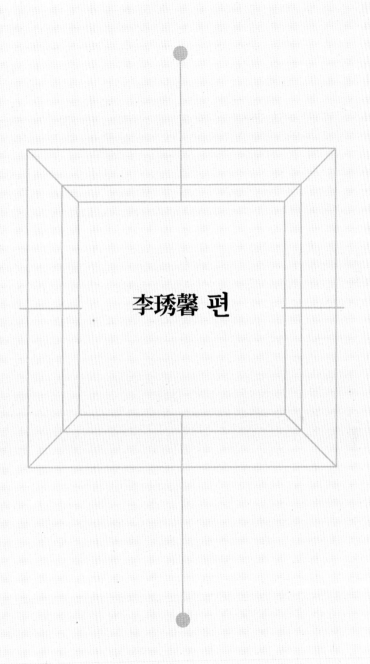

李琇馨 편

白卵의 水仙花

(『만선일보』, 1940.3.13.)

大理石의 球根은 黃昏의 祈禱보담도 神秘로운 思索이었다.
白露紙의 物理性을 가진 ウシロナ 空洞의 投影이 크고크는 찰나!
森林은 식커머케 식커먼 生理를 가지고
空間과 生理의 속으로 바쓰로
季節은 溪流처럼 흐른다.

森林은 氷河의 密室을 宿命하고
1940년 2월 19일에도
1940년 2월 20일에로 鬱悶하고
明朗하였으나 明朗하였으나
終時 눈 감을 수 업섯다.

SIX FINGER의 憧憬의 出發은
米明의 地球 보담도 嚴肅한 知性이엇다.
水仙花의 白盆은 拜候도 眼前도
무거웁게 무거운 奇異한 岩石이엇다.

岩石과 空洞을 우우로 속으로

近代는 뉴-스의 필림처럼 急轉步한다.
필님 속 水仙花는 センチメンクル이고 主知的이다.

裸體의 眼室에는 눈물도 업고 距離도 업섯다.

鬱悶의 空洞에서 球根은 수업는
NYMPPO MANIA의 래뷰-를 보았다.
倉庫의 陋態한 鏡面 속에서 美少年은 '모더니트'의 流行歌를 그리고
써거쌔진 자랑재리를 アクビ로 歷史化 하엿다.
쌜근 肉體의 秘密의 倉庫를 漏失하여버리는 날 記念日 ？？？
物體는 黃昏의 노래가 들리고 들리는 氷河 속에서 有利알가티 漂白
하더라.

近代의 化粧室에서는
高周波 NH 선의 X 菌滅殺作用에
憧憬하는 石膏처럼 하-ㄴ '토이레트' '페-파-'에는 數만흔 男女의 屍
體가 塵芥車의 汚物처럼 짓발펴 싸여 잇섯다.
化石의 白卵은 近代의 市場에서
純白한 處女의 肉體보담도 純白한 SIX FINGER를 空港으로 空港으로
噴水처럼 發散하는 것이다.

噴水! 너의 肉體는 假說이다.
假說 假說 假說……

一九四0, 二月 十九日

於 圖們平一軒

(金長原兄宗錫澄兄께)

前衛藝術論假說의設定의意義에 對하야

生活의 市街

(『만선일보』, 1940.8.23. 李琇馨 申東哲 합작)

밤의 피부 속에는 夜光충의 神話가 피어난다.

밤의 피부 속에선 銀河가 發狂한다.

發狂하는 銀河엔 白裝甲의 아츰의 呼吸이 亂舞한다.

時間 업는 時計는 모든 現象의 生殖術을 구경한다.

그럼으로

白裝甲의 이마에는 毒나비가 안자

永遠한 午前을 遊戲한다.

遊戲의 遊戲는

花粉의 倫理도 아닌白晝의 太陽도 아닌

시커먼 새하얀 그것도 아닌

眞空의 液體였으나 液體도 아니었다.

자- 그러면 出發하자

許可된 現實의 眞空의 內臟에서

시커먼 그리고 새하얀 그것도 아닌

聖母마리아의 微笑의 市場으로 가자

聖母마리아의 市場엔

白裝甲의 秩序가 市街에서 퍼덕일 쑨이엿다.

娼婦의 命令的 海洋圖

(『만선일보』, 1940.8.27.·『在滿朝鮮詩人集』, 延吉, 藝文堂, 1942)

一萬系列의 齒科術時代는 밤의 海洋에서 섬의 하-모니카를 분다

一萬系列의 化粧術時代는 空港의 層階에서 쌜근 추-립푸의 저녁을 심포니한다. 記念日 記念日의 츄-립푸는 送葬曲에 핀 紙花엿다

明日의 손꾸락을 算術하는 춘-립푸는머-ㄴ 푸디스코 압페

쩌오르는 쩌오르는 비누방울의 夜會服 記念日記念日의 幸福을 約束한 肉體의女人이 雙頭의 假面을장식하는날 七色의 슈미-즈가 孔雀의 미소를씌워나의 海洋의 蜃氣樓를 싸러왓다.

記念日 記念日의 너의 장식에

너의그洋초와 갓튼 蒼白한 얼굴에너의 그바다와가튼 神話를 들여주는 눈동자에

나의 椅子는 溺流되엿다.

나의 椅子는 溺流되엿다.

그러나 娼婦는 울고만 잇엇다.

肉體의 女人은 장식의 歷史가슬펏다.

假面의 女史는 살아있는것이 슬펏다雙頭의 怪物은 왜울엇을짜?

明日을 쏘 장시하여야 할 運命을

明日도 그다음날도 그다음날도 살아야할것을

女人아 假面아 深夜의 어린애야

現實에規約된 誠實보담도 阿片보담도술보담도 밤의秘密보담도 이健康術을 사랑한다.

一九四〇 春作 끗

人間 나르시스

(『在滿朝鮮詩人集』, 延吉, 藝文堂, 1942)

지난날 어느 海商들의 飾窓에 피어난

일곱 개의 記憶의 微笑에

일곱 개의 붉은 손들이

허연 바퀴를 둘러짜고

노래와 춤과 술과 사랑으로

머-ㄴ 가슴을 發動시켯으나

수 없는 酸化鐵의 憂鬱과 沈黙이

유리실에 엉클리어 가는 黃昏

흘러지는 그늘에 파묻히어 버리고

五月의 陳列窓은

슬픈 風俗들의 실크마스크 라오

그 오랜 歷史의 마음을 排泄하는 鑛物들의 化粧에

새빩안 손벽을 내들고

밝아케

밝아케

불(火) 사론

野花

소고기와 도야지 고기와

들과 함께

임금의 즐거우신 進宴

純白한 접시에 가로 놓였오

임금의 化粧은

퍼구나 어굴할 記憶의 앨범이라소.

머-ㄴ 湖水

奈落의 개흙에 앙벹이인

少年의 肖像畵는

호을어미 그리워 울고 우는 당나귀 哀歌와 數千年 數萬年 낡은

소리로 울고 우는 뻐꾸기 피어오르는 아-ㅇ 가슴을

여덟 개의 찬란한 웃음으로 흔들었으나

누른 나래 퍼-런 나래 뿌-ㄹ근 나래 검은 나래

허-연 나래

　　날 개

　　　　날 개

　　　　　날 개

날려가고 날려온

水仙花의 손바닥은

두터운 大理石의 무지개를 거더안고

宿命한 風俗의 秘密을

　　　　　　　行進하오

　　　　行進하오

　　行進하오

안개의 風景을

안개 안개 안개 안개가 흘으고

흙빛을 타고 七面鳥의 아침이 흘으오

참말 날개돛인 마스크는 너무나 그리운 恐怖라오.

未明의 노래

(『만선일보』, 1940.11.6.·『在滿朝鮮詩人集』, 延吉, 藝文堂, 1942.)

오----

骸骨엔 사보뎅 쌀어근 쏫피여 나는 밤

오----

墓穴엔 蛆虫의 凱歌가 들니는 밤

쏫피고 노래가 들니고

꼿피고 노래가 들니고

밤이 가고 밤이 오고

밤이 가고 밤이 오는 밤

오----

黑板엔 蒼白한 空間이 되여 날으고.

피여나는 空間엔 太陽처럼 親한

죄쏘만 죄쏘만 胡蝶의 무리 무리 날으고

거미줄 같은 地土엔 太陽을쏘이든

數많은 慾望과 暗憺한 愛慾이

아름다운 時間 우으로

昆虫처럼 사라지고
波紋처럼 사라지고

亡靈이 되고 亡靈이 되고

오----
骸骨엔 사보뎅 하이얀 꽃피여 나는 밤
꽃피고 노래가 들리고
꽃은 永遠을 꽃은 永遠을
凱歌는 忘却의 地圖에서 異邦女의 노래처럼 들니고.
오-
꽃은 骸骨에 피여가고 피여나리라
忘却의 地圖에서 노래는 들니리라.

一九四0. 一0. 二五.
「典型」에 들이는 노래
於 圖 們

風景手術(詩)

(『만선일보』, 1941.12.10.)

닭소리에 宇宙가째라는새벽이면 히여가는 들창밋에 카레더-의神話를記念하는 戀文들은 회파람을 불드라. 흙빗을 어르만지면 파라핀이 그리워진다 新作路가 海女처럼 발가벗고 웃는다. 飛行場에서 兒孩들이 말은풀 거두며 포장과가튼 喜悅을 湖水에 보낸다 이것은 장임에게 무지개를 알리자는 意味였다 아라비아의地圖를가진 兒孩들이 軌道를橫斷한다 배추속에 새벽노래가 아롱지면 물동이인少女의 그림자가 海邊의 젓봉오리를휘젓는다 北窓을 여러제치고 蒼空을흘으는 숫탄 손벽소리를헤치고 노래와가튼 彫像에 七面鳥한머리 딩굴고잇다 히-ㄴ壁압에서 오랜-지의太陽이 누른頭髮을 쏘고잇다 바사솔을 쓰고 나의感情이 戀人의손바닥에 音樂을들여주엇다 戀人은 고무風船의 微笑를하엿스나 나는 목아지업는思考를 가젓다 薔薇色秘密을가진 靑年들은 凋落이되면 모-도 外套를입드라 靑年들의 會話는『興亞』를 피우며 사보뎬과가치 그속에서 肥滿하더라 그들은 左右兩쪽 포켓트에 疲困한 손바닥을 찔르고 正午의 네거리를 서성거리다 비로-드의 검은乳房을 어루만지면 열개의 손꾸락이 낡은感情을 바란스하드라 薔薇꼿입파리 쎠리진것을 슯어말것이다 健康한 검푸른가시蒼空을휘젓는 것을 노래할것이다. 太陽은 그러케아름다웟스나 印象派畵家들은 서른두개의 舞臺를쑤미고 그우에서 쏘쑤라노를 불럿느니라 이것은 한개귀여운 베일이엿다. 베일에 靑年畵家들의 핑거-가 湖水를 숨쉬드라 이것은 二十一

世紀의 나이팅겔-ㄹ을 할머니들쎄들이자는 行動이드라 한개 원두와가튼
形態에서 무서운 體溫을 어더편으로 感情花하였다는것은 比喩가아니엿다
그것은 黃昏風景에 젓을줄려는 意味다 쓸에서 해마다 鳳仙花는 붉은 요기
를 잇지안트니할머니는 흰 등을 구부리고 少女의 손꾸락을 보기시작하드
라 어대간들 쏫이 피질안켓니 어대간들 쏫이 쎠러지질 안켓지 그러기에
兒孩들은 유리쪼박과가튼 湖水에 얼골을비추워 보는方法을 갓일 것이다
푸른森林을 사랑할수업는 장님에게 美學으로 이야기 말것이다. 凋落한 落
葉이 아니라 樹液이속으로 흘으는 나무나무의 쏠거리를 쌤은손바닥으로
어르만지게할일이다. 樹液의合唱을 들을것이다. 1941,10

소리

(『朝光』, 1942.9.)

널판에 일곱 개로 까맣게 깔앉은 별이며
베며 무명을 비추며 타는 촛불이며

인제 사바귀 벗어버리고 이웃 늙은이의 손으로 종이신 신으시고 모-
든 밤의 지킴을 안으신 아버지의 얼골
다만 엄연한 낡은 빛

때묻은 오-ㄴ 갖 것이 시들어지고
언짢은 것에 능갈치어
닳아 바람이 되어도
오-직 빛나 흔들어 주는 것

빛 닿아 하눌을 향하여 지닌
손바닥 한줌 흙엔 땀내음새 익어갔으며

우리 젖먹이며 마을 아해들이
땀흘려 눈부시게 쌓고 쌓은 눈사람
마을을 굽어보며 베며 무명보담도 희-ㄴ 것이었으나

아해들을 남기고 마을을 남기고 소리없이 눈석이 냇가로 흐르는 것
이며

　　냇가에서 마을서 우리 젖먹이 얼골을 부비며 아버지의 사바귀를 나
무 나무의 잎사귀를 흔들어 壁을 흔들어 귀에 스미어오는 소리 바다를 불
어

기쁨

(『朝光』, 1943.3.)

어느 조고마한 洞里
이름 모를 비들기 발목 같은
바-ㄹ간 기쁨의 움직임 속을
가마귀 한동아리 날어간 날이면

아해들은 기-ㄴ 종일 나룻가에서
손구락 사이를 흘러내리는
어대인가 가버릴 발굽 내음새
아직껏 따슷한 모래물 속에
얼골을 묻어 가슴을 부비어

등에서 검은 날개 돋아날것만 싶으면
길다란 팔과 팔들이
머-ㄴ 하눌을 흔들어
돌맹이를 울리는 소리
어둠속을 향하여 날어 갔었고

또다시 돌아온 사람들의 기쁨에

뉘엇 뉘엇 붉어진 숫탄 얼골이
마을을 붉히고 밤을 흔들어
저도 붉어 배꼽을 흔들며 흔들며
어느 얼안을 흘러가
고목간을 붉히는
바-ㄹ간 빛결이 되어

玉伊의 房

(『朝光』 1943.10.)

玉은 아름다운 초록이었다
房은 박속같은 것이었다.
어릇거리는 바람ㅅ기도 없는
이 玉의 房엔
풀버레 밤새도록 우는소리
가을이 온 것이었다.

거기서 우는소리
밤새도록 玉은 들었다.

만세! 소리와같이 꽃피고
만세! 소리와같이 꽃지는
時節이면
玉은
머-ㄴ 故鄕 홀어머님
꼬불어든 등골 뼈며
이즐어진 볼따구니를
물크럼히 흐린눈으로 보고만싶었다.

이 房主人께는
해와달과같이 貴한되ㅅ窓엔
촌록의 썩은 뿌리와
허물어진 산흙이 가리워
조꼼만 보이는 하늘이
개였다 흐리였다 하여
房안이 흔들리어 어지러운 날이면
玉은
이불을 푸윽쓰고
바위되는 것이었다.

어대서 어대로 아-서러히 흘러갈
만세! 소리의 목아지 속에서
玉은 玉의 잊어버린 한떨기의 꽃을
찾으려는 것이
玉은
바위되어---

　　　『踏靑記에서』

朴憲永先生이 오시어

(『문화일보』, 1947.6.22.)

强盜가 쓰러지는 放送은 끝났다
깔리웠든 모-든 것이 일제히
불꽃처럼 이러서서
이 가난뱅이 百姓들
눈물 많었든 노래라도 불러야 하였건만
그것조차 씨거빠져서
저마다 가슴만 내밀고
허둥지둥 거리로 내다랐든것이다

드디어 미국 중국에서
태워주는 비행기로 날러와
호사스런 호텔에서 韓國을 꾸민다고
덮어놓고 나를 따라오라는 노망한 政客도 있었고
몇十年前 法統을 唱歌하는 낡은 債權者도 있었다.

슬플때나 기쁠때나 목만 쳐들고
누에 같이 순한 百姓들이었으나
발서 거기 따라가기엔 너무나

벅찬 힘을 갖인 人民들이었다.

썩었든 쇠뭉치까지라도 녹여서
시뻘건 불물이 흐르는듯
새 歷史의 흘음에 뛰어들어서
하여튼 버둥질 치며 흘으고만 싶었든
토굴에서 鐵窓에서 工場에서 街頭에서
삐뚜러진목을 처들고
파리한 뼈를 이끌고
여기서 저기서 버둥질치며 오시는 英雄들

光州 벽돌工場 벽돌속에서
아-우리네 그리워 부르다가 쓰러질
이름이여 모습이여 『朴憲永』先生이 오셨다
목만처들고 아우성만치는
눈물이 먼저 솟아나는 人民들
당신이 가장 사랑하시는 띠끼우고 억눌리운
사람들 가슴옆에 당신은 오셨다

당신은 벌서 우리 아우성소리의 숨결이며
눈물이며 피여서……
아니 당신은 朝鮮의 흙이오 바람이리라

선지피 흘니면서 원수와 싸우다 쓰러지면서
피투성의 주먹으로 눈물씨쓰며

다시 다음 싸움터에 뛰어드는 용기도 이 바람속에서 배웠고
『옳소』『긴급동이요』하고 내미는
주먹도 여기서 잘아났다.

그리하야 우리가 가는길에
十月이오고 三月이오고 六月의 共委가 왔고
멀지않어 七月의 바람속에 다시
朴憲永先生의 모습이 다시 오시리라
『六月十八日 南勞黨 共代表로 朴憲永先生이 選出되는 날』

指導者[1]

(정지용 수필집 『散文』)

썩었던 쇠뭉치 까지라도

녹여서 시뻘건 불물이 흐르는

새 歷史의 한복판에

뛰어 들어서/ 하여튼

덮쳐서 래두

버둥거려 흐르고만 싶었던

鐵窓에서 工場에서 土窟에서 街頭에서

짚북더기 속에서

삐뚜러진 모가지

턱주가리를 쳐들고서

파릿한 허구리뼈를 저벅저벅 끄을고서

여기서두 저기서두

버둥질치며 돌아오는

英雄들.

(이하 미 확인)

---

1   鄭芝溶의 수필집 『散文』(同志社, 1949)에 「序 대신 詩人 李珖馨께 편지로」(243~247쪽)라는 에
    세이에 「지도자」의 일부가 인용되어 있다.

待望의 노래

(『民聲』, 1948.3.)

능갈치다 썩은것이 비릿한
흙이 아니라, 애오라지 모래 속에
초롱같은 뿌러기 성성 삶이라

봄 마다 썩다리 드덜기 마저
잎이랑 꽃 피는 당철 에도
모래 위에 꽃 돋힌
움줄기 하나도 없이
보고픈 보고픈 꽃은
참아 아니 피여서

山이랴 들이랴 길가에서
피며 지며 부지하다
수스러지는 모진세월 지나서
三冬 마다 함박눈이
팡팡 쏟아지는 三冬 에도
창호지 건너 벽 건너 하늘 바라며
잎사귀 줄기줄기 연연 靑靑 하여도

보고픈 보고픈 꽃은
참아 아니 피드니.

향 하여
하늘 향 하여
八月 하늘 향 하여,
모래 속에서
알알의 모래 속에서
十月 알알의 모래 속에서
어엿이 쑤욱 쑤욱 솟아 오르는
꽃이라.
꽃이라.

山 사람들

(『文學』, 1948.7.)

xx포 해풍 속에서 어머-ㅇ 어머-ㅇ 부르다가 차돌 같이
자라나 허벅구덕 지고 물 긷기 바쁘던 비바리도, 海水를 자물러
머흘머흘 살아오던 그 어멈도 끝끝내 "산사람"이 되었단다.

원으로 오르나리며 나무꾼으로 겉늙다가
『왜놈이나 毛色 다른 놈이나 이젠 어름없다』고 두 눈 부릅뜨고
xxxxxx에 들어갔던 오라방도 어처구니 없어 xx 입은 채
xx든 채로 xxx 속을 도망질 쳤단다.

천길 만길 어굴히 恨 많은 조국의 "山사람"들의 눈물인 듯 피
인 듯 터져버린 火山 구덩에 白鹿潭을 받쳐든 xxx 중허리
봉우리
모롱이 벌집같은 굴 속에선-

무얼 먹고 싸우느냐고요
조밥과 소금만으로 눈이 어두워지는
일도 생긴다마는 탕탕 총소리
들으면서 메-데-를 行事하고

돌비알 아득히 진달래 꽃사태
속에선 연기가 어엿이 나불거려
오른단다.

"내 아들 내놔라"는 모진 x x 에 늙은
아방은 草屋 자빠진 돌벽 앞에서
두 눈이 빠진 채 숨넘어 갔단다.
요지음은 어떠냐구요
물폐기 굼틀거리는 아람도리 통나무 충충한
山中에서 돌바위 나무닢을 베고 덮고 깔고
어한을 하면서두, 기관지를 성명서 삐라를 인쇄하고
감물드린 흙자주 빛 갈중이랑 x x 복장이랑 입은
"산사람"들이 씨뻘건 머리수건 동이고 x x엘 달려 들 땐
아이구 정말- "주구키여"란 말 한마디도 없었단다.

아- 정월 대보름 때 바닷가 달 아래서 고깔 쓰고
북치고 꽹고리 치곤 놀던 사람들
지금쯤 어느 바위 틈바귀서 대나무 창 칼을 까고 있는 것일까

진주 손님들

(『우리문학』, 1948.9.)

晉州길 버드나무 느린느린 二十里라. 琴山은 우리네 고향이었소.
晉州길 몽당솔 파릿파릿 七十里라. 山淸은 우리네 정든 땅이었소.

여기서 저기서, 수수깨비 農幕도 오막도 가라앉은 채, 산산히 바서진
도가지며 쓰러져 하늘 아래 네모난 집터랑, 영영 꼭 한번만이래 두, 뒤돌아
보고만 싶었소.

부스러기 돌가루 섞인, 피고름 줄줄 흐르는 허벅다리 끄을고, 몰잇군
피하여, 더러는 때 아닌 깊숙한 方笠 갈삿갓 쓰고서, 삼베 삼발로 바고리
하나만 들구서, 논두렁 모롱이 휠휠, 千里길 돌아돌아, 晉州랑 돌아서, 서울
길에 서 있소.

예전엔, 피 빨아먹는 이 벼루기, 와글거리는 방이나, 벌레 파먹고 썩
어서, 거무죽죽한 비뚤어진 기둥이나 門쪽엔들, 지금쯤은 '立春大吉'이라
먹물 묵직하였건만

인제 여기 흐리터분한, 낯선 골목골목 모퉁이, 돌아설라치면은 테로
에 바서진 壁이나 電柱며 돌기둥이며 벽돌벽마다, 白墨이 삥끼 엉엉 애통

터지는 길

쓰면서 울면서 울다가 입을 깨물면서, 가신님들의 얼골이, 눈에서 서-ㄴ 한 거리, 서울 거리에 서 있소.

또 다시금 어슬렁 어슬렁 新堂洞 골목을 거니는 晉州 손님들.

아라사 가까운 故鄕

(『조선문학전집』10, 『詩集』, 한성도서주식회사, 1949)

바다가 파랗게 내다 뵈이는 故鄕 아라사 가까운 海風에 열기꽃이 뻘게 피여난 모래밭엔 그렇게도 원통히 죽어간 애비들이 묻혀 있었다.

달겨드는 오랑캐를 무찔러 내던 옛적 城壁 둘레 둘레 왼통 능금나무 꽃봉오리 무척 못견디게 피여올 때도 豆滿江 江물 구비쳐 흘러가는 西쪽 머-ㄴ 長白山脈을 눈빨이 하얗게 얼어붙어 있었다.

까치 동우리 같은 머리카락 속에 파묻힌 귀송의 얼굴은 사실 어느 때나 西쪽 머-ㄴ 山脈을 향하고 있었다.

'말뚝이 서산을 본다고'들 하였다.
아라사 나들이 하며 무슨 사회주의를 하다가 왜놈들의 매질에 이렇게 되었다.

삼일 만세 통에 '이놈의 세상은 그저 아무렇지도 않은 체 살아야 살 수 있다' 든 그러다가도 가막소 만주 아라사로 헤매던 애비의 도끼에 찍혔던 홀어미의 아들 형수는 해방도 되기 전에 끝끝내 자살한 어머니도 모르고 귀송의 꼴이 되었다.

'차라리 죽었으면 詩集이래두 내 주지 않았겠느냐고'들 하였다.

어느 他鄉에서두 새벽마다 들리던 고향의 바닷소리는 잊혀지질 않드라는 사람들, 어쩐지 귀송의 꼴이 삼삼거린다던 사람들, 헤여졌다 다시 돌아온 사람들은 이러한 꼬개꼬개 뭉쳐진 궁리가 어슴푸렛이 가슴 속 어득시구렛한 구석을 우글 우글 오르내리는 것 같았다.

가막소에 끄을려 가도 그것도 '하나님'이 그렇게 한 것이라고 기도만 드리던 전도부인의 아들 철이랑 人民軍 짙푸른 軍服 입은 싱싱한 젊은이 되었다는데.

어찌하여 시바우라 같은 데서 軍隊 잠빵을 씹으며 모군하면서 싸와오던 '용악'과 너희들 靑春은 또 다시 서울 골목을 쫓겨다니다 진고개나 넓은 길에선 그저 아무렇지도 않은 체하는 다만 그럴듯한 쥐정뱅이 구실을 해야만 하느냐.

行色

(『조선문학전집』 10, 『詩集』, 한성도서주식회사, 1949)

흰 옷에 바가지 주렁주렁 둘러메고 가는 사람들

너희끼리 끔직히 바래는 마음 끝은 어디길래, 가도 가도 자꾸만 어긋나는 것일까. 박꽃 덩굴이 말라가는, 게딱지 같은 지붕에선 유릉유릉 창끝 같은 고드름 장작도 사라져 겨울 지나면, 고향 뜰 허물어진 돌각단 틈에는, 담자색 오랑캐 꽃 피고, 어디선가 들려오는 날라리에, 어깨춤 추며, 하얀 달래 살진 봄 미나리로 소꿉질 하며, 손주들이 목화처럼 자라던 일이랑. 건너 산기슭 흙내 그윽한 죄고마한 영창, 모두해서 희한한 것이란, 하얗게 닫힌 쌍바라지 뿐, 해마다 할아버지는 방바닥하신다고, 열매 기다리던 탱자나무 흰 꽃 필 무렵이면, 으레히 소천어 천렵하던 일이며, 이윽고 할아버지도 돌아가시고, 고향들엔 선조의 묘만 늘어가던 유난히도 유자랑 향기롭던 써늘한 가을 날, 손주 소년은 하얀 쌍바라지도 여희고, 몇 몇 개의 바가지에 섞여서 이리 굴리고 저리 굴리고, 이민 열차 속 때 묻은 돌부처 되어서, 자꾸만 자꾸만 흔들리어 가던 일이며.

세월 속에는 바람이 불어서 희미하게 스치고 간 모든 것들이 마치 옛 이야기 멀리 오가듯이 자꾸만 가면 거기 어떤 희한한 빛이 있어서 어슷어슷 쫓아 흔들리어서 가던 것도 아니었고, 거기서 앵무새처럼 주인 갈리면 아무 소용없는 몇몇 마디 말을 배웠던 것이나, 흙감태기 되어가는 행색은 언제나 고요한 눈매 속을 시퍼런 날 같은 것이 번쩍거리던 일이며.

세월 속에는 바람이 불어서 어인 일로 그렇게 되어가는 것을 깨우친 것도 이 속에서 였다……그러다가 이번엔 한 개 바가지 쪽도 없이, 쓰레기 통 같은 전재민 열차 속에서 보꾸레미에 섞인 지쳐진 걸레가 되어서 왔을 땐 살던 그리던 고향에 왔을 땐, 넘어가는 놀 피 솟는 하늘 아래, 지나간 세월 속에서 얻은 울분과 눈물과 애처러히 울부짖는 모든 것이 새겨진 종이 쪽이, 산산히 바람에 호젓한 거리거리.

한 때 여기 해방이 왔다고 쌓여진 잿색 장막 속에서 눈물어린 빨간 구슬 정말 구슬들이 석류처럼 터져 나오던 것이, 이것은 되풀이되는 계절 이 있고, 나나리 거리 거리엔 퍼져가는 색다른 사람들 늘어가는 사나운 총부리 애 찢어지는 소리 소리…..

어제도 오늘도 바가지 쪽도 없는 사람들이, 영(嶺)넘어간 두메산길엔 백양닢 달리우는데, 다시 서리 쌓이는데 밤새도록 울다 피 마른 주둥아리 열린채 얼어붙은 소쩍새 어디인가 향하여 하마 하마 날라 간 것 같은 새벽 하늘빛.

朝鮮詩壇의 裁斷面

(『만선일보』, 1941.2.12.~2.22. 10회)

言語觀의錯迷(1) -朝鮮詩壇의 裁斷面-

　요새 所謂文壇에서詩의(言語)問題가擡頭하고잇다. 너느달인가『人文評論』에서 새로운詩語가될言語를 金起林氏도力說하엿지만 諺文의社會學的問題는 本稿와關係가업기에 不問하고『詩學』으로써의『우리말』을 생각할째詩人은좀더 科學的認識이잇서야하겟다. 오늘날 言語問題를圍繞하고 詩人들이 퍽센치메탈한것을 보게되는데 그原因은勿論社會學的인 問題도 잇겟지만 이 原因의쏘하나가되여잇는것은 詩學으로써의科學的인言語觀이 把握되지못한데서오는(錯迷的)인言語觀관과詩領域과 區別되여야할 言語學으로써의 社會學的인言語問題와의 混同에서오는것이라할것이다.

　오늘날가튼 이런時代엔우리는 一層더詩語에對한 本質的인 科學的觀念을 갓지안코 그저센치메탈하여서는 안될것이다.

　過去우리文化史에서 『漢字』로東洋民族은 詩나、小說을썻스나各其의特異한"포엠"을비저내고잇섯다. 『鄕歌』나『漢字로쓴朝鮮古代詩』라든가 『張赫宙의小說』은 外語로씌워잇서도 그것은우리의냄새를내고잇다.

　『鐵』이라는 쏙갓튼材料로된『鍾』이지만그鍾을製作한 사람의技術과 그『鍾』을 훗날울리는 사람의 技術로써우러나는鍾聲엔 故國의노래가들닐

것이다. 즐거운쏘는 슬픈노래가들닐것이다.

쏙갓치들리는『쌕국새』“쌕국”“쌕국”우는소리엿스나 우는『쌕국새』와
듯는사람의技術과새로운 要求에짜라그소리는 昨年도今年도실증이안날수
잇슬것이다.

×

言語와語法과感情이『포에지ー의 奴隷』된것ー단체 마라르에 램쏘、
보ー드렐等 이와反對로“포에지ー”가『言語와語法과感情의奴隷』된것그것
은 低俗한“포-엠”『레토리크』의 詩다 詩精神이 時代精神에 便乘한것이다.
이러한時代精神의便乘과 無知한言語觀이 오늘날朝鮮의 現代詩를『民謠』나
『俗歌』보다도 稚拙한詩에로 低下시키고말엇다.

尹崑崗氏等의『意味의意味』만을 主張하는것은 詩學으로는錯迷한 言
語觀이가져온것에不過하다. 헐케알기쉽게繪畫를例를들면 繪畫에잇서
서도 畫面에잇는모-든線과 色彩는 하나하나다意味를 意味하는 것은아니
다. “에메랄드그리ー”으로쑥씨어노은線은푸른 平野를 “별장”의나무는 아
카시아나무래도 熱帶樹대로그저 綠陰이래도 그繪畫와는意味的으로는 아
무關係가업슬쌔가만타『슥콕작크』의畫面의色彩는 하나하나意味의 意를
갓는것이아니다. 어쩌한 綠陰이욱어진風景을보여주는畫面이 이『다리』나
『미로』의 畫面에잇는 物體는 다意味를갓는것이아니다. 그러타고하야『그
런繪畫는繪畫는아니다.』라고氏가 主張한다면 그만이지만? 그것은 獨斷에
쯧치는것이니 그만두고 萬若氏가 繪畫에 대한 無知目○으로 알수업다면
이제 眼前에 展開하고잇는 風景을내다보면알것이다. 風景속에잇는物體
를알수잇슬쌔?

그러타고히여TS엘리웃토씨가 조금『부레농』流로 主張이든“환타ー
지”나“리듬”을 重要視한다든가『無意味』만을 더퍼노코主張하는것도아니
다.『아무것도意味하지안은 아름다운 詩句는 무엇이라고意味하는 아름답

지못한詩句보담훌늉하다.』라고말한『푸로벨』의말은 詩의 魅力은 哲學的인形而上學의 詩에잇서서도 그詩的魅力은 반드시 意味에잇는것은안이란 말일것이다.

× ×

言語의母音과子音의音響의 結合인音律(리듬)이 詩句 或은 詩에 만흐면 音樂이라고 하는것은 詩評으로서는 平凡한 常識的인 一般的인評言에그친다.

나는 다시 이러한 것을 提唱한다. 卽(리듬) 가령 그詩에 極히 적어도 抽象的인 槪念的인 形而上의 卽『이브스트랙슨』인 詩의 對象이라든가 詩의 事實을 갓는 詩의 趣味도 『音樂的』이라고 좀더 科學的로 이러한 말을 正確히效用하여야 할 것이다.

1941. 2. 12

低下된音律性과幻覺性(2) -朝鮮詩壇의 裁斷面-

『부레몽』이純粹詩를 音樂詩라고主張하며『윌터어·페에터어』의『모-든藝術은音樂의狀態를憧憬한다』는 요새도흔이들 濫用하는말을至極히愛用하고 氏는『音樂의狀態』가아니라 『音樂』을 憧憬하엿다. 그리하여『부레몽』은 그의純粹詩論에서『純粹하게』感動的 音樂的인詩를 重要視하고 그것이神聖한 自在性잇는것으로 생각하고 音樂詩를主張하고 理性詩의 理論을 反對하엿다. 그것은『윌터어·페에터어』를 잘못 消解하엿다는넌쎈스다.

우리는 벌서오늘날 前衛詩가 그런것처럼 詩에잇서"포에지—"를 다만 言語라든가 語彙의 音樂的인 境地에서두고잇는것은안이다. 『탄테』의 『神曲』이나『쏘—드렐』의 讚歌가튼 詩를 우리말로 飜譯된것을읽어도 훌늉한 "포에지—"를 感得할수잇는것이다 『부레몽』이 熱愛하는『모-든藝術은 늘音樂의狀態를 憧憬한다』는말을 『부레몽』은다만言語의 音響으로만 誤解하고 言語의魔術的인躍動性을 憧憬하엿지만 이問題되는 『音樂의狀態』란 말을 나도 直接『월터어 · 페에터어』氏에게서들은것은안이다。 그것은 나의 持論인『포에지가 意慾하는아브스트랙숀의次元의 世界의無限性』을 말하는것이라고 詩學에서 理解하는것이 正當하다고본다。

　　여기『부레몽』의 퍽 興味잇는말을들어 詩에잇서서의言語의 音樂性을 解明하여보기로한다。

　　『어느나라를 勿論하고 通俗的인詩가「無意味」하다고하는意味의 無意味한純粹觀을 찻자고하여 詩를正當히읽기쌔문에 나는詩的으로 읽고십다고 하엿스나 그意味를把握하엿다는것만으로는 充分하지안타 그보담도 그 必要는업다고말하고십다』

　　이『부레몽』의말을 머리에생각하며 다음의 글을 읽어보자。

　　　トンヘパ゚タ、ヨワソニムヨ

　　　ナムヘパ゚タ、ヨワソニムロ

　　　イネ、マルサム、フロクソ

　　　チェヂャンダ゙ンソル

　　　ッルヂ゙ヨンハルテ

　　　スンプ゚ンウル、ネリツカ

　　　『巫女巫歌節』

　　　張赫宙氏『加藤清正』

　　달넘어서보이는것 하눌님
　　마누래발톱이다달넘어서보이는건

하눌님마누래배꼽이다

달넘어서보이는건 하눌님마누래 하눌님마누래하눌님마누래

오—

　　徐廷柱

나의사랑(戀)은 고요한

音樂의『리듬』같이

　　一한 츠

時間은 久遠의 化石우에

詠歎의 노래를 彫刻하고

　　一咸允洙『隱花植物誌』

시름만은 북쪽하늘에

마음은 눈감을줄몰으다

　　一李庸岳『分水嶺』

내神은

내 마음속 주막업는 放心과

간사한 衝動과 친하려는

嬌態를

가장 怒하시는 神이리라

　　一金起林『昭和十四년四月 連載』

以上처음든것은 假名記號로된 張赫宙氏의小說에나오는『巫歌』인데 우리에게는 滋味(東海바다龍王님、南海바다龍王님……)가잇는 『리듬』이나 假名으로는 『켐롯』의 『無意味의 詩』와가티 意味全혀업는리듬일것이다.

1941. 2. 13

現代詩의低俗된抒情性(3) -朝鮮詩壇의 裁斷面-

이러한 言語의意味를沒却한單히言語『音響』만을 主張한『부레몽』流의 朦朧한音樂詩(아부스트랙숀인詩)에서 우리의 二十世紀의現代朝鮮詩가얼마나엄청난 距離를갓느냐? 距離가잇느냐?여기『캐롯』『반즈』徐廷柱 咸允洙 李庸岳君과 金起林氏의詩를 가만가만여러번精讀하면알수잇슬것이다. 요새어쩐詩雜誌에서 阿比留信氏가쓴 『詩의聲』이라는것이퍽興味나기에 읽어보앗다. 그속에 『詩가詩의"現實"에 誠實하면할수록 「現實의公衆」과 머러간다…이것을 解放하는方法으로「라디오詩」「劇場詩」의誕生이이것이고…最近英國 아메리카에서 詩壇의興味를끌고잇는것은「音樂詩」인데 英國에서는商業的으로 어느程度成功하얏다…그리하야「T·S·에리웃트」「에주라·파운트」氏도 吹入하얏는데 「T·S·에리웃트」의詩THE HO II OF MON의十二時盤을 돌리기만하면…氏의 中性的인 목소리의 描出이스링한것이어서 氏가한새 主張하든 詩에서 意味(哲學的、形而上)보담 音調(리듬)와 幻覺(판타-지)를 重要視하든 氏의難解하다고들하든 詩를잘 會得식힌다』는 말이잇섯다. 이러케 이쌍에도 諸氏들이 吹入한 레코-트가『和信百貨店뉴-스 映畵室』에서래도 돌여주엇스면 氏들의特色잇는肉聲으로 現實의公衆들의 魅力을쯰을 리듬과판타-지의 朦朧한 抽象世界들을들을수잇겟지만 그것이現實은아직멀엇스니 그저 잘精讀하기만하면 가슴속에오는것이잇슬것이다.

바람불고 눈날리는

겨울 아침에

엄마일흔 작은새

슬피 울어요

내가내가 먹을것을

만히 준대도

썰면서 울면서

내겐 안와요

　一金 炳 鉉

눈가온댄 그옛날 高麗빗 치쎠돌고

차디찬 鐘소린 故國의 소리가태

南樓에 근심스레 외로히 섯노라니

殘廓에 저녁안개 모약모약 이러나네

　　　　　　黃眞伊.

　　現代朝鮮女類詩歌選에서

　　　　　　申龜鉉 譯

原文

松都

雪山前朝色

寒鍾故國聲

南樓愁獨立

殘廓墓煙生

진 종일

나룻가에 서성거리다

行人의 손을쥐면 짜뜻하리라

………

전나무 욱어진마을

집집마다 누룩을 듸듸는소리

누룩이쓰는 내음새

　　　　吳章換

그야말로 무슨『내음새』나는가?

　　　　　　1941. 2. 14

『繪畵的』『描寫的』의錯亂(4) -朝鮮詩壇의 裁斷面-

　처음글은 아기들에게 보이기위한 최근에 『滿鮮日報』에 發表된 童謠
이고 그다음은 黃眞伊와吳章換氏의 詩다. 여기이童謠의 內容이되여잇는
情緖와 吳章換氏의"포에-지"는 얼마나무엇이달을짜? 나의愚鈍한感受로
는 알수업지만 童謠는겨울아침 바람부는눈우에 홀로앉아울고잇는 새색기
를 同情하는 어린애들의노래고 吳氏의現代의詩는 鄕土를望景하는 시인의
抒情이다. 우리는이러한同情과抒情에서 얼마나한兩難을發見하는가? 삼
가 또다시精讀하여보자. 될수잇스면 레코-트에서 귀익은 어썬『民謠』『流
行歌曲』의 리듬을 마춰노래불러보면 더잘알수잇슬것이다. 다시 十四世紀
나되는옛날 우리짱의高貴한藝術을 二十世紀의 今日잇지안토록 가슴기피
너키爲하여 明宗時代의妓生인黃眞伊女史가노래한이것도 鄕土를노래한詩
다 精讀하여보자 筆者도삼가읽을것이다. 그러면現代의詩는 古代의 詩에
업는 어쩌한『새로운』새롭다는것이 意識的으로실타면 무슨 色다른 "抒情"

을"포에지"를 비저내고잇느냐?意識的으로나『리리시즘』의 對象이나事實이 휠-신古代詩에 훌늉한것이잇슴을 알수잇슬것이다. 그야말로 黃眞伊의 "포에지—"에는 그主知的精神에는 詩人의조고만 低俗된『리리시즘』은 조끔만치도 볼수업고 그"포에지"의 寒鍾에는高麗의소리가 울려나오는것을 알수잇다.

×　×

『音樂은 感動家라든가 幻覺主義者의 形而上學的 享樂의 道具가되여 無數한 亂과 空虛의 深淵을 解放하는 큰手段으로되여버렷다』
—폴바레리—

『「피아노」는 大新聞以上으로 公衆의趣味性을 墮落시켜버렷다』
—막스·쟈곱프—

그다음은『모더니즘』運動以後로近代詩의 포엠으로써의 方法의하나로되여잇는『포에지』의對象 테-머의 描寫問題다. 쓰는詩人은原稿用紙에서 그엇든繪畵의 畵面的효과를거듭할려고 테-마를 描寫하고 그 效果가 如實치안흐면 거기에言語의音響을 利用하여『錄音』을너코 그것이不滿하면 거기에서다시 『照明裝置』를하여 그엇든『映畵』의 效果를거듭하자는 이러한傾向의詩를 『繪畵的』이라고詩人들도쓰고 詩論評客들도 가끔식쓰지만 그말을쓰는사람들은대개는 曖昧한 繪畵觀 (詩人李時雨氏만치도못한)바쎄업는 고-캰이나 세잔느 콥포라든가 에론스트 미도흔이들아는 사리바돌 다리 等의 印刷된 原色畵나 일음을알고잇는常識에 쏘-끔色칠한程度다. 그러치안으면 美術學校에 다니면서 經濟學을 專修하는 大學生이 눈에익은 繪畵를論하는程度다.

1941. 2. 15

『繪畵的』『描寫的』의錯亂(5) -朝鮮詩壇의 裁斷面-

흔히들金光均氏의詩라든가 金起林氏의『코스모포리탄』『繪畵性』을 主張하는時代의詩를『太陽의風俗』等이라든가『影像』(이메지)를 主張하고즐 기는 詩를『繪畵的』이라고하지만 그것은『畵面的』『描寫的』이라해야할것이 다。 그것은 夕陽風景을보고『詩的風景』이다 或은『그림가튼黃昏이며』라 고하는말과가치버-ㄹ서그形容은 시인에게는 아-무興味도 暗示도 傳達하 지안는말이다。 그것은俗業의俗言에屬하는 極히曖昧한말이다。『말』에不 過하다。 그러면『繪畵的』이란말을 무슨理由로『描寫的』이래야 하느냐 하 면繪畵藝術도 모-든藝術이 音樂의狀態에熱望한다는『音樂狀態』—『畵面』 에서畵面以外의 次元의世界를 感得시키려는것이기새문이다。 이 繪畵藝 術의表現方法은 벌서『描寫』以外에까지 變化하고잇는것이다。 벌서繪畵史 에서 特히 近代畵運動에서 卽後期印象派以後 그技法은"포-비즘"伊國의 『未來派』獨國의『表現派』佛國의『다다이즘』等 最近의 前衛藝術運動에이르 기까지 그 技法은『運動』『演劇』『機械』『寫眞』『코라-쥬』『文學』『建築』『音樂』 『幾何學』等에 그『에레멘트』를 노스탈지하며 複雜한技法을갓고잇서 直接 繪畵를 하는 畵家인저이끼리도 그流波에싸라 主張이다르면 理解하기어렵 게까지技法이 各種多樣인것이다。 그中는 意識的으로 描寫하지안코『코라- 쑬』와가치『畵面』에 木炭鐵片 寫眞等을 直接帖付한것도 잇고 힌『칸파스』 그대로 畵面이된것도잇는것이다。 그와反對로『文學』과區別키어려운繪畵 도잇다。 卽이것을보아『繪畵技法은描寫다』는槪念에서意識的으로 멀어가 려고한것이다。

오늘날우리는極히『아카데믹』한 날거째진 寫眞과 가튼 寫實主義의 繪畵를그리는畵家도 畵面에서『畵面以外』의 世界를憧憬하고 잇는것을알수 잇다。『미로』라든가『다리』라든가『칸진스키』『아보스트랙로아-토』가 畵面 以外에서어쩐 感懷를 憧憬하고잇는것과가치憧憬하고는 잇다는것은알수잇다.

1941. 2. 16

現代詩의 描寫面의 空虛(6) -朝鮮詩壇의 裁斷面-

以上의 理由로『이메지』가만흔詩를 그저『繪畫的』이라고생각하든가 評을하는것은 極히曖昧한常識的인評言이되여버리는것이다. 問題는이러한『이메지』라든가『表面描寫』가어써케 한詩語로써『포에지』를構成하엿스며 表面을『描寫』한『이메지』가『포에지』로써 어써한 훌륭한 次元의世界를 建築해노앗느냐?가 問題의重點이될것이며 그次元의世界는그것이 社會學的인것이든藝術至上主義 抒情 抒事的이든그것이조코 그른價値가아니라 (그것의價値는 詩人自體의 "이데"에짜러의義識의인嗜好問題니 筆者는그價値를不問)또 그것이社會學的으로 處世的으로 明朗한것이든 暗黑을暴露시키는것이든 道德的인것이든 抒德적이것이든 現實的이든超現實的이든 古代的이든現代的이든 結局이러한것을 『이메지』對象으로하엿슬째 『描寫面卽描寫』에 슨첫느냐? 안쓰첫느냐가問題될것이다. 그리고 그『이메지』가 "포엠"이아니면 도저히안될特異한貴重한 그리고現代의詩로써 古代詩를凌駕할特色잇는 이짱의詩人이아니면안될『아부리오리』한것을 『描寫面』이얼마나暗示或은 意味하고 建築(포에지)이라는것을建型하는데 업서서는안될 組織의材料가 되엿느냐가 問題 일것이다.

그러면 讀者와가티 여기놀라울만한 쓸쓸한고요-한場面을描寫한 現代의詩를읽어보자 될수잇스면 고요한風景畫라든가 "미레-"의 『晚鍾』이나 『最後의晚餐』가튼 泰西名畫를 伴奏的으로 想像하며 고요-히읽어보자.

저무는都市의 屋上에 기대여서서

내생각하고 눈물지움도
한떨기 들국화처럼 차고 서글프다
　　　金光均

밤과함께 나의寢室의 천정으로부터
쇠줄을 붓잡고 나려오는람푸여
쏨이 우리들마중올째까지
우리는 서로말을 피해가며
이孤獨의잔을 마시고 쏘마시자
　　　金起林

演壇ノ人ハ
テイブルノ兩端ヲ
特チ上ゲルャウニツカンダ ママ
言葉ヲ續ケルコトモデキナィデ
呆然ト立チスクンデ 居タ
白髮瘦身ノ人ヨ
ソンハ一葉ノ百合ノ花ノャウニ
靑ザ メテ居タ
百合ノ花ノャウニ
　　　近騰東

　　여기例든 金起林氏의 詩는 "太陽의風俗"에잇는『람푸』다 七八年前쩟
氏가『世界性』과『繪畫性』을主張할째의詩인데 이詩와아울러 前記『音樂性』
에서例든 昭和十四年四月『朝光』에發表된『連禱』와 最近人文評論에 發表된

『薔薇와가티잠이드시라』를읽고 다시『모-더니즘』을 提唱할쌔의『太陽의風俗』『氣象圖』의詩를보면 이詩人의過去와未來를 알수잇지안을쌔? 作品이傑作이라든가아니다라는 問題를쩌나起林氏는『自己의主唱과詩를竝行』시킨것은事實이라고본다. 金光均氏의詩는 昨年發表된現代의詩다 그다음의것은『新領土』에 發表된近騰東氏의詩다 이傾向의參考로例든다.

　以上의 金光均氏와 金起林氏의 詩에서『都市의屋上』『람푸』라는語彙로 近代라는것을알수업스나 그詩에들어잇는『포에지』는 옛적의李太白이나 漢詩의 黃眞伊의 抒情과質的으로 어쪄한무슨距離가잇슬쌔?

　現代의 賢明한 讀者는알수잇슬것이다. 이것이『낡다』卽『에스푸리가낡다』는 理由다. 『이메지』의『스타일』方法으로는 漢詩의『唐詩』와가튼것을 凌駕하고남는 그것든것이잇느냐? 이것이『內容도形式도낡다』는理由다 自然主義나 事實主義의 繪畫와가티 슬쯤이 난다는 理由다.

　意識的으로「모더니즘」의 아므스로랙숀 哲學的인 것을 排除한다는理論으로그런것을 排版한다면 하여도 조켓지만 「描寫한詩」가 暗示成은 意味하는世界가「聖畫」나「미레-」의그림에잇는 農夫의허-트를 描寫한程度以下니結局은 畫面보담도못한「原稿紙繪畫」에씀치니 詩의低下가 생기는것이다. 그다음여기詩의別莊地帶와가튼 한가한遊戲를보자.

　바야흐로 海拔六千呎우에서 마소가사람을대수롭게아니너기고산다. 말이말쩌리 소가소쩌리 망아지가 어미소 송아지가 어미말을 짤으다가 이내헤여진다. 鄭芝溶

　極히 한가한날 明治座에 가보면映畫求景하는 俗衆속에는 이러한 詩보다 훨신 에스푸리的인 現代人을 發見할수잇고 日前에이쌍에들어온"天然色로-키"인「메키시코의情緒」라는 映畫面은 우리의 低俗한 描寫에씀친

「原稿紙의描寫面」보담 휘-ㄹ신 迫力이잇는것이엇다. 그리고 「내츄라리즘의繪畵」보담滿足한 것이잇다. 이러한 것이 잇스면 低俗한詩나 그림은 업서도充分히享樂할수잇슬것이다. 讀者여 當地에劇場잇스면「天然色映畵」求景하시오. 그 後映畵에도 슬쯩이 날째 그 서글픈 마음을 다음 우리의古典에 돌여보자 映畵가잇서도 詩는 잇서야 할 것이다.

1941. 2. 18

外飾的現實과 感情的虛無(7) -朝鮮詩壇의 裁斷面-

古寺肅然傍御溝

夕陽喬木使人愁

煙霞泠落殘僧夢

歲月崢嶸破塔頭

黃鳳羽歸飛鳥崔

杜鵑花發牧羊牛

神松憶得繁華日

豈意如今春似秋

이詩도 黃眞伊의『滿月臺懷古』라는 開城의自然을 노래한詩다. 이 詩의"포에지"는 도저히 『天然色映畵』로는 안될것이다.

옛절은 쓸쓸히 御溝에 겨트럿고

석양의 喬木은 사람의 애를태네

煙霞는 쇠잔한 중쑴을 泠落하고

세월은 허물어진 탑머리를 깁허간다

黃鳳이 도라가니 새들만히 오락가락

杜鵑花 피인곳을 소들이 쎄를지네

松嶽山 바라보며 그예날 생각노니

이봄이 가을일줄 누가 쯧햇스리

　　　註：

　　　一、御溝: 宮城을 둘러싸흔개천

　　　二、黃鳳羽歸 杜鵑花發은 亡國을 象徵함

　　過去에우리가 보지못하든 飛行機 自動車 汽車 에스팔트 映畵 洋裝
라디오 테레비죤 殺人光線 噴水……이러한것은 西歐的이다。그것은 外
飾的이라하여 意識的으로 詩의 素材로 하기를 避할 바가지 촛불 물레방아
싼…等을 퍽즐기고이런것만 우리내음새나는것으로알고 東洋的인 虛無를
現實逃避와 避難處로생각하는情緖的인 詩人들이잇다。

　　噴水가西歐에서는 十八世紀의産業革命 以前에벌서잇섯든것이 二十
世紀오늘날겨우 서울光化門通에 생겻다고하며 朝鮮서現代라고 하는것은
西歐에서는 날근것이니 그것은現代를 意味하는것은 아니다 이러케보는것
도 우스운일이다。촛불 물레방아싼 바가지와가티 噴水 애스팔트 摩天樓
의 쎌딍 飛行機 라디오이러한것은 다가티 外飾的인現實이다。

　　歲月이흘러가면 飛行機 機關車도 애스팔드도 다가티 바가지 촛불 물
레방아싼처럼 親하여지고 그것은 薔薇꼿이나無窮花처럼 아름다워지는것
이다。

　　宇宙에서 素材的으로 第一尖端的인 모-던은 그리고 第一 親한것은
『太陽』일것이다。

　　歲月이 가면 旅客機도『가마』와가티 날글것이다。또素材的으로 西歐
的東洋的이라고區別하며 東洋的인내음새를 내겟다고 애쓰는詩人들이 固

執을부리지만 噴水를求竟하는 朝鮮老人들을 애스팔드우에넘치는 동양사람들은 詩가될수업슬짜?

　이러한區別이 詩쓰는데무슨問題가될짜? 그야말로나는물방울하나만도못하면서 왼宇宙라도엇지할수업는固執을 세이고십다는金珖燮氏의 詩人의倫理로선固執을해도無妨하다. 크나큰虛無에서어찌外飾的인 外形世界에서 西歐的이며 東洋的이며하여嗜好를 가릴것이냐. 朝鮮이라는 이짱에 잇는現實은 다-가티우리의情緒가될수잇슬것이고 온世上에잇는地上에잇는 모-든것은 사람의 情緒가"詩人의포에지"가될수잇슬것이다. 그저 쪽가티말하는『虛無』에는 感情的인 虛無感과知的인그것이잇다.

　詩人은 窮極에잇서

　宇宙에서作別을 宣言하는 그微笑……

　　　　　　　　　폴·바레리의말과가티宇宙에서 作別을 宣言할수업는것이다 그微笑는永遠히업슬것이다.

　그러나詩人이란 그엇던外部的으로 規定된虛無로서이미맨들어진 虛無에서다름질치는 다람쥐는아닐것이다. 그보담도詩人의 內部的인生命의燃燒를充分히 自覺함으로써 새로운 生命의理念을內部的으로『맨드려』야 할것이다. 그럿치안흐면生命의燃燒가創造되지안코 生命의燃燒로써의 "포에지"가 創造되지못하는것이다. 이러한自覺的인詩人의生命燃燒가 充分하지못할째詩人은外部的으로써의『맨들어지는것』으로써 壓迫을밧게되고 쪼이와反對로 內部的으로써의『맨드는것』에壓迫을밧게된다. 卽內部的으로『맨드는것』의貧困인째문에 外部的의『맨들어지는것』에壓迫을밧든지 內部的의『맨드는것』의 錯亂째문에 外部的으로『맨들어지는것』에 盲目이된다.

　　　1941. 2. 19

『十三行 生』과 『行進曲』(8) -朝鮮詩壇의 裁斷面-

現 이것은 다 歷史的社會的에잇서 分離的立場을 取하고잇기째문이다。그럼으로詩人은 內部와 外部에잇서참말로 全體的立場에서 外部的으로『맨들어지는것』을 打破하고 內部的인『맨드는것』을 建設하고 또內部的의『맨드는것』을打破하고 外部的의『맨들어지는것』을 建設하여야할것이다。그럼으로써 高度한創造를 追究하면 詩人의使命은 맛당할것이다 歷史的社會的現實의 世界에잇서서 詩人의 最高使命은이러한創造過程에잇는以上 詩人은『詩의現實』을『맨드는것에 應할것이다』라는 永田助太郎氏의말은 오늘날 詩人의 生命의 燃燒의 不充分한 自覺이 原因으로 卽內部的인 에스푸리의 燃燒가 貧困 原因으로 外部的인 現實에서 壓迫을 밧고 槪念的인 虛無에로 逃避하는것이든지 또內部的生命의 燃燒의錯亂으로 外部的現實에 盲目的인것이든지 內部的詩精神의 貧困과低下로 外部的現實에 便乘的인 打合을하는 詩人들째는 銘刻될것이다。

　　　나를害치면서 도라가는地球
　　　너의傷處에서 내가낫다
　　　바킈속에서다름질치는다람쥐
　　　休息時間이逃亡한 戀愛들을 생각는다

　　　机짝만한房안
　　　콩알만한燈불
　　　東洋의『虛無』가그미테모엿다
　　　눈물로 地球를식고서도한바가지나 남엇다
　　　나도그한방울後孫이던가

알른花園 빈椅子에죽엄이마주안젓다
나의思想이담배를피운다
나의感情이 紅茶를마신다
아아 卄世紀에 불이나부터라
　　　　一金珖燮『十三行人生』

나는 물우에 帆船을 씌워달려가보리
數만흔 王이차저가는곳으로
數만흔 王女가차저가는것으로
그래 아름다운樹林이茂盛한
잔듸밧우에
鳳笛을불며 춤추는곳에서나려
춤추는동안 사랑하는사람을 밧고는
쏘키쓰를 오직키쓰로잡는—
물저편가에서 나는차저보리니
물결에 할티워 가늘고얇아진 들토끼의 鎖骨을
송곳으로 이것을 쏠코드러다보리
聖堂에서 婚姻을맷는날고괴로운世界를
그래나는공요헌 물결넘어로
聖堂에서 婚姻을맷는 그들을우스리라
희고가는 들토끼의쎄를 通하야
　　　　　　　　愛蘭 에이츠『들토끼의 鎖骨』

잔치는쓴낫드라 마지막안저서 국밥을마시고 알간을사루고
재를남기고

포장을거두면 저무는하늘 이러서서

主人에게 인사를하자

결국은 조금씩 醉해가지고

우리모도다 도라가는 사람들

목아지여

목아지여

목아지여

목아지여

멀리서잇는 바닷물에선 亂打하야 써러지는 나의 鍾소리

徐廷柱『行進曲』

여기에例든金珖燮氏의『十三行人生』에이츠와 徐廷柱君의行進曲은
다 人生을生의虛無를"포에지"한 詩인데『十三行人生』은東洋의 虛無를 鄕
愁하든 바퀴속에서 다름질치는다람쥐는 그의生命의燃燒의充分한 自覺이
업시思想은담배를 感情은紅茶를마시다。그 內部世界의 貧困으로 外部的
의社會的現實에서 壓迫을밧고 現實을咀呪하며『廿十世紀에 불이나부터
라』하고 歷史的社會的現實을 逃避하고『槪念의虛無』에싸져버린다。感情
的인虛無의世界다。人生은草露라고 말과가티 多感한虛無다。여게比하여
에이츠의『들토지의鎖骨』과『行進曲』의世界는 內外世界가 어느程度까지交
流된 高次的인 知的인虛無라고본다。

1941. 2. 20

『妙屍體』와『海上』(9) -朝鮮詩壇의 裁斷面-

그러나廷柱는 高次的이라기보담 그엇든 人生이地上에서의 삶을道化

役의演劇─禁制의喜劇─모-든 機械學 天文學 肉體 最後로는 正義에對하여
까지 武裝하고 憎惡하고 咀呪하는『랭보』的인虛無다。一種『아브노말』한虛
無다。그러타고 노-말한 虛無가조타는것은아니다。그 價値는 不問하고

　　　나는 正義에武裝하엿다

　　　나는 逃亡하엿다

　　　오─ 魔術師요

　　　오─ 悲慘이여 오─ 憎惡여

　　　나의 보배는 너의들게재껴 잇섯던것이다

　　　벌-서是非할것이아니다

　　　나는나의 뱃속에 死人들을 埋葬하엿다

　　　絶叫다 大鼓다 단스、단스、단스、단스다!

　　　白人들이 上陸하여

　　　나는 虛無에墮落하고잇슬째조차나는몰은다

　　　飢餓여 絶叫여

　　　단스

　　　단스

　　　단스

　　　단스!

　　　──前進이다!

　　　나는 弱하다!

　　　다른놈들은 行進한다 行進한다

　　　道具다

　　　武器다

　　　武器다

이 詩는『랭보』의『地獄의 季節』에서 拔萃하엿다. 이 詩와 昨年봄에 人文評論에 발표된『밤이기프면』을읽으면『地獄의季節』의 世界와어쩌케 다른『虛無觀』인가를 發見할수잇슬것이다『밤이기프면』終聯에이런것이잇다.

피와가치
피와가치
내칼쓰테적시어오는것
淑아 네생각을인제는씬코
시퍼런 短刀의날을닥는다

『보-드레르』는 內部世界가强한者가 方法으로弱한者의『마스크』를 썻다고 林和氏가말하엿지만 보-드레르의方法的인面이 廷柱에게는 그 詩人의 "모랄"이되고잇다고본다. 그의모랄과方法은 詩로써獨自的이라기보담 特異한것이라고본다. 즉아브노-말한"포에지"의 "스링"이다.

巴里에서는 第一낡은 古橋가『新橋』라고 불리우고잇다. 佛蘭西의 超現實主義初期에『부드통』等의 實驗한"妙屍體"의 詩나繪畵나"自動律的인 記述法"으로된 詩나 다음金起林氏의『海上』에서 그엇던 哲學學的인 深刻한意味나『포에지―』를작고 그것이업다고 詩가잘되지못하엿다고하든가 或은深刻한意味를 會得한체하는것은 넌센스다.

海上
S O S
위後 여섯시 三十分
突然

어둠의바다의 暗礁에걸려

地球는 破船햇다

『살려라』

나는그만 그들건지려는 誘惑을 斷念한다

―『太陽의風俗에서』

좀失禮일지모르나 解說해보면

『모-더니스트』의 詩人들은詩에잇서서의目的테-머意味說得力 메타포어 이런 것을『意識的』으로 拋棄하고 이 詩人들은 詩의生理學的或은本質의인神秘性을 意識的으로이저버리려고 하고 그저 그 目的으로는『모-덴語』로 읽는사람에게 한가지『利那的覺醒』을 주는『스릴』을주면 그만이라고하엿다.

1941. 2. 21

『妙屍體』와『海上』(完) -朝鮮詩壇의 裁斷面-

여기例든『海上』도 아마그러한데갓가운 金起林氏의意識的인意圖에서된 黃昏에 해가 쩔어지는 瞬間을『利那的』效果로『스길』한것이라고본다 이러한 詩나繪畵의조코그릇한價値觀을써나 近代의繪畵나詩엔 더능히 最近의前衛藝術에는 여러가지 意慾的인 方法이內包되여잇는것이다.

여기서 筆者가『妙屍體』라든가『海上』을 論하는것은價値의嗜好를 論하는것이아니라 어쩌한한篇의詩나 一幅의 繪畵를理解하는데 잇서 必要하다는데 不足하다.

世界中에 智力을 다모아도 하나의 物體를 움지길수업다. 그러니 쏘

世界中의 體力을 다모아도 엇썬 物體를 움지길수업다.

　　　　바레리

俗衆이 悲哀할째 悲哀하는 詩人

俗衆이 喜悅할째 喜悅하는 詩人

俗衆이 悲哀할째 喜悅하는 詩人

俗衆이 喜悅할째 悲哀하는 詩人

이俗衆들과 이詩人들을 아는것이 詩人이다

『俗衆』은『時代』或은『現實』과가튼意味다. 이런意味에서詩精神이 時代精神의 奴隷가 되엇슬째 그詩는 單히그時代의現實에不過하다 詩精神이 아니다. 그것은 不幸한일이다 詩精神업는詩는 稚拙한 戀愛小說以上으로 公衆의趣味를低下시킨다.

公式을 應用하여 計算하는 數學者

公式을 맨드러내는 數學者가 數學者다

『단테』『쉐익스피어』의 詩世界에 沒入하고

『산트라르스』『에류왈』의 詩를 排擊하는것이『크라식』이아니다

『미케란제로』나『밀레―』의 繪畵世界를 排擊하고『다리』『미로』의 繪畵世界만을 讚美하는것이『아방갈르』가아니다

그것은古典의亞流다

그것은前衛의亞流다

『眞實한前衛』는 이 亞流와 亞流의 衝突에서 스파-크하는것이다.

以上과가티 朝鮮詩壇을裁斷하여본즉 朝鮮詩壇은 金珖燮씨와 金起林氏以後 아무開拓이업다고본다. 도리여요새童謠나 或은民謠나時調의 低俗以下로 그抒情性과方法이墮落되고잇다는것은 나쁜만아니다. 林和氏도 말

하고잇다.

그러나 젊은詩人中徐廷柱君은 새롭고낡다는것이아니다. 두터운방석을 깔고잇고 李庸岳君은 『밤이면밤마다』가튼 것을 보면 그저 通俗的인 抒情이라고하기에는 조곰아짜운것이잇다. 그러나 本稿에 例든詩는나의 愛讀하는 詩들이다.

以上同人誌『詩現實』에依據하고잇는 나로써의詩觀과詩壇觀이다. (完)

1941. 2. 22

前衛의 魔笛은·上

(『만선일보』. 1940.11.15.)

···(前略)···

옆방에서 H(咸亨洙; 필자 주)는 아즉 코를 드렁드렁히며 초나주 밤중인 모양 아마 쓰러진 야수인양 쩌저진 차거운 溫突방에 목을 트러박고잇슬 것이다.

이런 생각들이 무럭무럭 이러나기에 하도 시쓰러워서 窓을 여러제치고 게다짝을쓸고 庭園에 나선다.

올 여름내 혼란하게 정원을 자랑하든 포도는 드문드문 누-런 잎사귀를 쩨이고 코스모스는 어느듯 호화롭고도 유닉한 存在를 자랑하고잇다.

코스모스가 호화로우면 얼마나 豪華로우랴마는 하이얀 그것이 몹시도 쭈렷한 存在엿기에 나는 코스모스를 보고 무의식적으로 호-가을이왓고나라고 웻첫다.

내가 倦怠한 生活을 生活하는 쌔닭인지는 몰으나 늘 看過하는 小蘭은 가을은 오늘은 나에게 無限히 浸漸하는 것이다. 나는 가을 가을아주 情熱을 내며 가을을 웻치고 感傷하여 보며지기도 쏘다시 가을 가을을 불너보앗스나 그러나 거게는 아무런 感想도 나지 안는다. 文字의 가을은 가을이엇슬 쑨이다. 그러나 季節은 어대서 어대까지 무-슨 思索을 하여 어는 方

向에로 흘으는지 어대잇는지는 몰으나 해마다 날마다 곶피고 落葉이되는 季節은 오날도 나의 周圍를 浸漸하는 것이다.

이 <가을>이라는 記號의 魔術的인 槪念以前에벌서 그어느오랜날근 歲月에 사람도 野獸처럼 발가벗고 산과 냇가를쒸여단니던 大自然속에서 生活할째 그들은 落葉되고 紅葉되고곶되는 現象을 보고 季節을 認識하고 呼吸하엿슬것이아닌가. 凋落하여가는 葡萄와 豪華롭고도 可憐한 코스모스를 물크럼이 디려다보는나는 Cosmos에의 부즐업슨 鄕愁를 지니고 잇는 나는 다시 <쿠록키-> 詩를 듣고 네-쌜스의 庭園을 凝視하엿다. 내가 故鄕을 써나 이 짱에 온지 七年이나 되도록 곶한번사랑할수업는 生活을 하여온나는 오래간만에 곶에대한 愛着을 늣끼는 것이다.

…(중략)…

詩나 繪畵나 어-느藝術이든 한가지 經驗世界의 再現 自然의 複寫든지 觀念의 에피고넹인데서는 獨自的인 새로운 作品은 생길수업는 것이다.

十九世紀의 初頭까지의 詩人의 詩 畵家의 繪畵라는 觀念은 信仰的한 一種의 神秘主義라든가 小自我的인 無批判的한 0觀으로서의 디닥립한 觀念主義로서의 생각이엇다. 그러나 今日 아니 明日에의 藝術家는 적어도 어더한 0觀的인 態度에서 解脫하고 歸納的한 科學精神을 갓고 古典을 咀嚼하난 歷史意識과 高次的인 새로운 古典世界를 建設하자는 새 에스프리와 努力이 잇서야 할것이 아닌가.

前衛의 魔笛은·下

(『만선일보』. 1940.11.16.)

氷河時代의 人類의 藝術부터 에지쑤로앗시리아 희랍 로-마의 中世紀

루넷쌍스로부터 現代까지의 遺産은 深奧한 價値나 現代에잇서서 우리의
새로운 藝術은 못될 것이다. 아리스토테-레스도 結局은 模倣說이다. 그것
은 날근哲學의 遺産은되나 우리다시 에피고넨할 필요는 업다.

　　MONART의 臨終의 寢床에서 이런 말을 하엿다. '音樂으로 0할수잇
는 世界가 보이기始作한다.'

　　神이라든가天使라든가하는 말은 벌서 어린애의 00까지 意識되는 嚴
肅한 絶對的인 抽象世界며 具體的인 境地는 아니다만은 그것은 파이푸나
잉크병과도가치 具體的인 觀念을 '푸랏식'할수잇는 世界이다. 前衛的 藝術
이 意識하는世界는 이와가튼絶對的인 眞實한 拘束現實의 具現을意識하는
데 잇는 것이다. 現實이 滋味가업서 구찬아그것을 埋沒하고 空空間間으로
浮遊하자는 飛行術을 意欲하여主張하는 것은 아니다. 思考의 現實이란 通
常의 現實과는 特別한 것이다. 火星에는 나의戀人이잇슬수잇다는 思考는
不自然하고 非現實的이고 文學靑年 H가 '文藝'를 보며 커피를 마신다는 現
實은 自然스러운 現實이라든가 裸體가不自然한 '코스수-ㅁ'이 現實的이라
는 것은 人間의 感傷에 不過하다. 思考는 思考以外 아-무것도아니고

　　人間은 人間일쑨 自然은 自然이라는 現實이나 物體의 物體와 思考와
思考와의 永遠한 0成作侑과 分解作侑의 過程에서 前衛에의 意識世界가 생
기는 것이다.

　　새로운 前衛의 意識世界를 現實化하려면 非凡한 0範圍의 表現性을
가저야할 것이다. 十九世紀以前에 透明한表現方法으로 終止하든 方法의
價値를 넘겨 人間이든宇宙이든 모든 不透明한 世界의表現은 不透明한 方
法으로 透明한 世界의表現은 透明한方法으로하여 그世界의眞實을 完全히
傳達하려한 것이 잇다.

　　마라루메의 詩와 톨스토이의 作品과 내출아리스트 繪0와 아부스트
마르아-트나 슈레아리즘의詩나 繪畵를 同一한表現方法으로 보는데서 작

품의 00가 不可解라는 것이 생기는 것이다.

支那의 文人派나 다다이스트들이 作品은 表現方法의 한가지 새로운 開拓이엇다.

"이선생님 뭘그러캐 생각고 무엄하세요"

男子애의 이그러진 목소리가 내머리를 째린다…

慶尙道에서 普通學校를途中에서그만두고 홀로 滿洲로왓다는 이下宿집에서 일하는 애다. "南鮮 우리곳에서는 도저히 살수가업서 滿洲가 살기조타니 왓습니다."라고 그랫지.....

"응 나---코스모스가 고우니 그림그릴쌔 생각중이야"

"그러면 왜그린다면 인차그리지그러케우두커니 서잇어요"

빙글빙글 天癡처럼웃스며 알수업는 닛쌍을치들고 쭉드미다 보더니 저쪽으로가버린다.

가을은 나의 周圍에 소리업시 익어온다. …(1단락 생략)…

제조업는 藝術家야 부질업시 貧困을 내세우지맑라고한 쏙토-의 말을 引用한 李箱아 너는잘 죽엇다. 그런데 故人아 東京NOLA에서 美術家 나미쏘와 劇作家 Y君이 四次元世界의 테-머를 佛蘭西語로 이야기할쌔 소리를 웻처 울엇다지 故人아 왜 울엇오…

…(후략)…

金友哲. 「今年度詩壇의 回顧와 展望 - 土臺를 現實에·4」

(『만선일보』, 1940.12.18.)

李琇馨氏의 詩論-"「슐·레아리즘」의 現實性 말미에 이런 구절이 잇다."「超現實主義의 不可解性 不可解, 大衆이 理解못한다」'. 이 말로 作品을 是非하는 것은 作品이 不可解性을 가젓다는 것이 아니라 自己가 可解하지 못한다는 無能을 暴露함에 불과하다."

이런 대목이 잇는데 나의 淺見에 依하면 "슐·레얼리즘"의 詩엔 「意味」가 介在치 안은 것이 안일가 思料된다. 「意味」가 업는 詩-그것은 "포에지-" 詩의 世界다. 「意味」가 업는 詩란 意味를 賦與치 안는다. "마이너쓰" 文學의 方法의 適用에 不過하다. 一個의 作品에 쓰여진 部分과 쓰여지지 안흔 部分이 如何히 存在하는가를 思料하라. 쓰여진 部分과 쓸 部分과 쓰지 안흔 部分을 가르킴에 不過하다.(春山行夫著 "포에지-"論) 그래메로 意味로 混亂된 「슐·레얼리즘」의 詩란 벌서 正統을 써나 私生兒의길로 轉落하고만다.

「슐·레아리즘」의 詩는 "포에지-"의 世界를 描寫를 通하야 表現하지 안는다. "포에지-"의 色素的原書를 「몽타쥬」編輯手法마냥 秩序整然하게 配合식히고 分散식히고 「캇드」하면 足하다. 그들은 「現實을 詩로 읇는」 詩人이 안이라 「現實을 詩로 하지 안는」 詩人인 것이다.

「속이는 超現實主義詩人이 잇다. 속는 超現實主義詩人이 잇다. 속지 안는 超現實主義詩人이 잇다」-春山行夫氏의 이 「斷片」을 「슐·레얼리즘」을 信條로 하는 젊은 시인들이 再吟味해볼만한 警句다. 完全히 描寫된 現實이란 벌서 現實이 안이라는 그들의 主張은 非現實主義(現實逃避)의 思想과는 머언 里程標로 된다. 現實에서 「意味」를 차저 「描寫」하는 것이 一聯의 自然主義作家의 態度라면 그와 反하야 超現實主義者詩人은 現實을 土臺로하야 生動하는 "포에지-"를 白紙와 童心으로 配置하야 現實보다 生生한 다른 하나의 現實을 創造하자는 主張이다. ….(중략)….거긔서 發散하는 「第三의 새로운 現實」의 「이메-지」를 느끼면 그만이이나 「意味」와 「現實」 「낡은 意味의…」을 에써 찾고저하는분이면 自然主義나 「레얼리즘」을 固守하는詩人의 作品을 파고들라. 거긔에는 鄕愁가잇고 哀調가잇고 音響이잇고 繪畵가잇고 그우에 生活이잇는 것이다.

이수형은 누구인가
"억압을 헤쳐나온 사회주의자 – 이수형"
『1940년 전반기 재만조선인 시 연구』, 역락, 2021)

李琇馨은 공산주의자, 사회주의자로 赤色農民組合組織, 조선공산당 재건에 관여한 반일 지식인 李秀亭, 李秀炯과 동일한 인물로 추정된다. 李琇馨으로는 만주에서는 시인으로 살았고, 해방이 되어 서울로 돌아와서는 열렬한 공산주의자(남로당)가 되어 그런 사상을 구현하는 시를 쓰며 사회활동을 하다가 6·25 때 월북했다. 북한에서는 남로당 이력 때문에 이리저리 밀려다니며 살다가 빛을 못보고 생을 마감한 듯하다.

이수형은 1933년 1월 8일자 中央日報에 "赤色勞組嫌疑로 五十餘名檢擧取調"라는 제목의 기사에 '太平洋勞動組合事件의 주범 韓東赫 등 城津農組 四十여명을 흥남서가 검거'라 하였는데 그 주모자 가운데 '리수형(李秀亭) 외 二人'이라는 이름으로 처음 신문에 올랐다. 그 뒤 1935년 8월 24일자 朝鮮日報 號外에 '강원도 양양(襄陽)에서는 일즉이 경성중동학교(中東學校)를 마치고 다년간 교원으로 다니다가 그곳에서 잡화상을 경영하고 잇든 강환식(姜煥植)이 중심이 되어 리수형(李秀炯) 추교철(秋敎哲) 장기원(張基源) 김필선(金弼善) 등'이 적색농조를 조직하려하다가 검거되었다는 기사 가운데도 '리수형(李秀炯)'이 발견된다. 1933년 1월 중앙일보 사건과 1935년 8월 『조선일보』 기사 내용을 대비 검토하면 인물의 성격이 같다. 따라서 李秀亨은 李秀炯이다. 신문기사가 흔히 범하는 한자의 오기로 판단된다.

李琇馨은 재만조선인 시단에서 활동한 시인의 이름이고 해방기 서울에서 활동한 시인의 이름이다. 해방기 李琇馨은 「朴憲永先生이 오시어」(「文化日報」1947.6.22.)와 다른 수편의 사회주의이념이 넘치는 참여시, 곧 「待望의 노래」, 「山사람들」, 「晉州 손님들」, 「指導者」 등과 「繪畵藝術에 있어서의 大衆性 問題—最近 展覽會에서의 所感」(『新天地』, 1949.3.), 수필 몇 편을 쓴 李琇馨이고, 재만조선인시단에서는 초현실주의시를 쓴 李琇馨이다. 재만문학기 이수형 시와 해방기 이수형 시는 기법이 너무 달라 동일인물로 보기 어렵다. 그러나 이름이 분명히 똑 같은 李琇馨이다. 그리고 기법은 달라도 둘 다 참여시라는 점은 같다.

그런데 이 李琇馨이 또 한 번 변신한다. 1949년 한성도서주식회사에서 발행한 합동시집 『詩集』(林學洙 편, 『朝鮮文學全集·10』)에 북방정서가 넘치는 서정시 「行色」, 「아라사 가까운 故鄕」을 李琇馨이라는 이름으로 수록하더니 그 이듬해 1950년 '한국전쟁'이 발발하기 두 달 전인 4월 '詩人 李琇馨氏의 慈堂 安養 自宅에서 別世'라는 기사 한 줄을 신문에 남기고 이 인물은 행방이 묘연해져 버렸다. 월북한 것이다. 이런 사실에서 李琇馨이 골수 사회주의자인 것은 분명하다. 그리고 재만문학기의 李琇馨이 골수 사회주의자 함형수와 단짝인 것을 고려하더라도 '李秀亨·李秀炯·李琇馨'이 함께 묶인다. 그러나 이정도로 '李秀亨=李秀炯=李琇馨'은 성립되지 않는다.

해방문학기에 李琇馨의 시의 성격이 분명하게 나타나는 작품은 「朴憲永先生이 오시어」이다. 1947년 6월의 문화일보는 박헌영을 찬양하는 시

---

2   『연합신문』, 1950.4.20. '詩人 李琇馨氏의 慈堂은 지난 十八日 安養 自宅에서 別世하였다
     는데 永訣式은 今日(二十日) 10시 惠化洞 天主敎 聖堂에서 거행할 것이라고 한다.'

가 줄을 이었다. 金商勳의 「위대한 민족의 수령」(1947.6.14.), 李秉哲의 「박선생이어 태양처럼 나타나시라」(6.18.), 林和의 「박헌영선생이시어 우리에게로 오시라」(1947.6.23.), 金光現의 「박헌영선생을 모셔와야 한다」(1947.6.28.), 兪鎭五의 「당신의 일흠을 불으면」(1947.6.25.), 曺南嶺의 「어서오시라 인민의 벗이여」(1947.6.24.) 등이다. 이수형은 김일성과 라이벌인 박헌영을 향해 '光州 벽돌工場 벽돌속에서 / 아-우리네 그리워 부르다가 쓰러질 / 이름이여 모습이여 「朴憲永」先生이오셨다. / 목만처들고 아우성만치는 / 눈물이 먼저솟아나는 人民들 / 당신이 가장 사랑하시는 띠끼우고 억눌리운 / 사람들 가슴 옆에 당신은 오셨다.'며 새 시대를 박헌영에게 맡겨 인민의 나라로 만들자고 외쳤다. 재만문학기 시가 현실에 대한 비판을 초현실주의시 기법으로 주제를 뒤로 숨겼다면 이런 시는 현실 문제를 시인의 육성으로 외치고 있는 것이 다를 뿐이다. 시인 李琇馨의 언행에서 사회주의자 '리수형(李秀亨)=李琇馨'을 발견한다. 시가 아니라 정치적 구호이고, 시인이 아니라 격렬한 공산주의자의 모습이다. 이 작품 이전에 李琇馨이라는 시인은 만주에서 활동하던 李琇馨뿐이고, 李琇馨이라는 시인이 사회주의자 박헌영을 찬양하는 것은 적색농조비밀조직책 사회주의자 한동혁과 동지관계인 '리수형(李秀亨)'과 한자만 다르지 다른 것은 모두 같다.

Ⅰ. 李秀亨·李秀炯·李琇馨, 같은 사람인가 다른 사람인가.

李琇馨이라는 시인이 문단에 최초로 뜬 것은 1940년 9월호『三千里』가 「關北, 滿洲出身 作家의 '鄕土文化'를 말하는 座談會」에 참석한 李庸岳이 자기 고향 鏡城 출신 시인들을 소개한 끝에 '이제 큰 소리를 치고 나설 동무로선 우리 鏡城만해두 金轃世, 申東哲, 許利福, 吳化龍, 咸亨洙, 咸允洙,

李琇馨 이렇게 많은데 모두 詩人입니다.[3]부터이다. 지금까지 조사한 자료를 근거로 삼을 때 李琇馨의 본명은 李秀炯인 것으로 판단된다. 이런 추론은 한글로는 '리수형'으로 표기되지만 한자로는 다른 '李秀炯'이라는 인물이 姜煥植, 秋教哲, 張基源 등과 강원도 襄陽에서 적색농민조합운동을 하다가 채포된 문서 '京高特秘 제2100호 「조선공산당 재건동맹 강원도지방 혁명공작사건 검거에 관한 건」(경찰정보철.1934.7.31.)에 올라 있기 때문이다. 또 1935년 8월 24일자 『조선일보』 '號外'에 같은 사건으로 올라 있는 이름도 '李秀炯'이다. 따라서 李琇馨은 異名으로 판단된다. 그러나 中央日報 1933.1.8일자에 太平洋勞動組合事件, 곧 赤色農民組合事件으로 체포된 이름이 '리수형李秀亨'이다. 이 사건은 거물 공산주의자 韓東赫과 동지관계에서 식민지 현실을 대표하는 심각한 문제인 赤色農民組合組織設立을 기도한 사상범이라는 점에서 가볍게 볼 문제가 아니다. '李秀亨=李秀炯=李琇馨'이라는 등식이 성립되지 않으면 추론의 근거가 무너지기 때문이다. 그러나 '리수형(李秀亨)·리수형(李秀炯)'으로 표기되는 신문기사에 나타나는 결정적인 공통점이 있다. 모두 朝鮮共産黨再建, 太平洋勞動組合設立, 赤色農民組合과 관련된 문제이다.

> 1) '태평양노동조합사건太平洋勞動組合事件의 주범 한동혁(韓東赫) 등 성진농민조합원(城津農組) 四十여명은 계속하야 홍남서에 류치중인데 년말년시의 관계로 아직 취조를 진행치 안코닛는바전긔 류치된 四十여명중에는 지난초생부터 발진지브스(發疹窒扶斯)의 전염병 환자가 발생하얏는바 이것이 지금은 장질부사(腸窒扶斯)로 변하야 작고 동감자들에게 전연되여 현재는 휜

3   「關北, 滿洲出身作家의 「鄕土文化」를 말하는 座談會」, 『三千里』 9월호, 1940. 110쪽.

자가 七八명의 다수에 이르럿는데…(중략)… 또 지난 삼일에는 한길만(韓吉萬)외 한명을 족립(足立)병원에 입원식혀…(중략)… 리수형(李秀亨) 외 二人은 지난 三일에 다른 신병으로 역시 위독하야 불구속취조(不拘束取調로 내여노아 방금 병원에치료중이다.[4]

2) 소화二년二월중순 상해(上海)에서 태평양노동조합연맹(太平洋勞動組合聯盟)이 조직되고 태평양연안각국에 이조직을 확대하는 동시에 國際赤色勞組와 연락하야 소화六년 二월중순에 국제적색노조해삼위국제서기국의 지령을 받어 장회건(張會健) 한동혁(韓東赫) 박세영(朴世榮)등이 소화六년二월중순에 조선으로나 오게되엇다.[5]

3) 강원도 양양(襄陽)에서는 일즉이 경성중동학교(中東學校)를 마치고 다년간 교원으로 다니다가 그곳에서 잡화상을 경영하고 잇든 강환식(姜煥植)이 중심이 되어 리수형(李秀炯) 추교철(秋敎哲) 장기원(張基源) 김필선(金弼善) 등이 소화팔년칠월이십삼일에 관동팔경의 하나인 낙산사(洛山寺)에 모히여 양양적색농민조합조직의 협의를 하고 그뒤 수차그고을 강현면(降峴面) 육각정(六角町)에 모히여 적색농민조합과 적색로동조합을조직할전제로 양양적색로농협의회(襄陽赤色勞農協議會)를 조직하자는 의논을하

---

4   赤色勞組嫌疑로 五十餘名檢擧取調. / 第一次로百餘名을送局後 / 北靑署再活動猛烈 / 留置中의四十餘名中臥病者繼續發生 / 發疹室扶斯,腸室扶斯 / 危重한兩名은不拘束:『중앙일보』, 昭和八年(1933.1.8.)

5   第二次太平洋勞組今日三十五名豫審終結 / 地下室꾸미고秘密裡活動.:『동아일보』, 1934.6.7.

고 각방으로동지를 규합코저 활동하엿다한다.[6]

적색농민조합과 적색로동조합을 조직하려다가 체포된 李秀亨, 혹은 李秀炯의 정체를 파악하기 위해서는 이수형과 최초로 함께 묶이는 '太平洋勞動組合聯盟, 國際赤色勞組責 韓東赫'이 어떤 인물인지 먼저 알아야 한다. 한동혁의 이름이 처음 신문에 나타난 1932년 9월 4일자 『동아일보』와 그 속보를 보자.

> 4) 지난 五월 메이데이를 전후하야 돌발한 태평양노동조합(太平洋勞動組合)계통의 적색노조좌익사건(赤色勞組左翼事件)으로 다수한 청년들이 함흥경찰서와 흥남(興南)경찰에 구금되어 취조를 바더오든 중 함흥사건의수모자로 외지에서 잠입하엿다는 한동혁(韓東赫)과 아직 아모런 단서도 업다는 함흥청맹원 한홍정(韓鴻霆) 량인은 위급한 병에걸려 지난二십七일에 함흥도립병원 동외실에 입원하고치료 중이라는바 대소변출입도 못한다고한다.[7]

> 5) 흥남적색노동조합(興南赤色勞動組合)사건의관계자 九십九명중 불긔소된 사람을제하고 三십六명을 함흥검사국에송치하엿다함은 긔보한바와갓거니와 동사건이폭로되자 동근이지(同根異枝)격으로 함흥경찰서를 중심한 적색노동조합좌익(赤色勞動組合左翼)사건의 관계자六十여명도 취조의 단락을 보아 검사의 구인

---

6   襄陽農組 姜煥植이 中心. 洛山寺서 結成: 『조선일보』, 1935.8.24. 朝鮮日報 號外. 이 호외는 '事件 發生 三年 今日記事解禁'이라면서 "朝鮮共産黨再建同盟 産業別赤色勞動組合事件 世稱 西大門署 事件"을 전 5면에 걸쳐 대서특필하였다.

7   留置取調中重態로入院. 함흥서에서 착수 취조한 赤勞事件의首謀等: 『동아일보』, 1932.9.4.

장만나리면 송국하리라는데 작년 흥남질소공장중심으로 제一
차태평양노동조합을 후개하야 제이차태평양노동조합을 조직
하려든것인데 동사건의 주모는 로서아 공대(共大)출신 한동혁(韓
東赫)외에 외국에서 잡입한 조선청년남여 합三명이라고한다.[8]

인용 기사 4)와 5)는 韓東赫(본명 金元默.1903~ ?)[9]이라는 인물이 1932년
한 해에 두 번 赤色勞組左翼事件으로 검거된 사실을 알려준다. 4)의 요지
는 太平洋勞動組合事件의 주범 韓東赫을 포함하여 많은 청년들을 구속하
였고, 5)의 한동혁은 로서아 共大(東方勞力者共産大學. 모스크바 共産大學, 極東共産
大學)출신으로 외국에서 잡입한 조선 남녀 청년 3명과 함께 함흥적색노동
조합설립 운동을 벌리다가 체포되었는데 이 인물은 흥남질소공장노동조
합을 만들어 上海에서 만든 것과 같은 제2의 태평양노동조합을 조선에 설
립하는 것이 목적이라는 것이다.
1)의 요지는 리수형(李秀亨)이 한동혁과 같은 범죄인 '성진농민조합원
(城津農組) 사건으로 피검되었고, 검거된 인물 중 四十여명이 발진지브스(發
疹窒扶斯)가 장질부사(腸窒扶斯)로 발전하여 입원했는데 리수형(李秀亨) 외 二

---

8   咸南一帶赤化計劃 第二太勞組織을 劃策한 咸興赤色勞組左翼事件:『동아일보』,
      1932.12.18.

9   본명 金元默. 별명 韓東赫, 韓鳳儀, 崔明山, 金基伯. 경기도 포천 출신. 1928년 봄 원산부
      두 노동자. 로서아 共大(東方勞力者共産大學. 모스크바 共産大學, 極東共産大學. 1931년 7월 입학 1932
      년 3월 졸업). 1932년 6월 태평양노동조합블라스또끄지시를 받고 원산으로 귀국. 『동아일
      보』 1933년 5월 30일 기사는 韓東赫은 제2태평양노조사건으로 수감되어 취조를 받던
      중 폐병으로 1933년 5월 27일 33세로 사망했다고 했다. 그러나 韓東赫은 1935년 3월 5
      일자 『동아일보』에는 태평양노조사건으로 함흥지방법원에서 징역 4년 언도를 받았다.
      1933년 5월 30일 기사는 오보 같다. 그러나 한동혁이 중환자였음은 분명했던 것 같다. 4
      년 언도 뒤로는 활동이 없다. 이런 사실은 昭和10년(1935년) 3월 11일 함흥지방법원에서
      치안유지법 위반 죄상해치사죄 재판 기록에도 명시되어 있고, 죄수 사진도 있다.

人은 다른 신병으로 위독하야 불구속 취조한다.' 는 것이다. 결국 신문기사 1), 4), 5)는 '리수형(李秀亨), 리수형(李秀炯)이 한동혁(韓東爀)과 같은 사상, 같은 임무를 띤 인물'이라는 사실을 알려준다. 기사 2)는 昭和2년(1927) 상해에서 조직된 태평양노조연맹을 기반으로 조선에도 그런 조직을 만들려고 昭和6년(1931) '국제적색노조 해삼위 서기국' 지령을 받은 韓東爀이 張會健, 朴世榮과 함께 조선으로 들어왔다는 것이다. 기사 3)은 적색농조사건 기사 중 가장 크게 다룬 『조선일보』 호외이다. 이 호외 기사 가운데 가장 주목할 내용은 姜煥植과 李秀炯, 秋敎哲, 張基源, 金弼善이 함께 같은 일을 도모하다가 채포되었다는 것인데 문제는 리수형이 李秀亨이 아닌 李秀炯[10]이다. 李秀炯의 죄명은 李秀亨과 같은 赤色農組 조직문제이다. '적색농조=태평양노동조합'이다. 따라서 '李秀亨≒李秀炯'이 된다.

　인용 기사 1) 외의 기사에서 이수형의 이름이 李秀亨이 아니고 李秀炯인 것은, 기사 1)이 李秀炯을 李秀亨이라 한 것은 오보로 판단된다. 시간에 쫓기는 신문기사에 흔히 발견되는 사례이다. 재판기록에 생년월일이 같고 죄명이 같은 인물이 李秀亨이 아닌 李秀炯으로 나타난다. 李秀亨이 韓東爀과 행동통일을 하고, 李秀炯은 姜煥植과 행동을 같이하는데 韓東爀과 姜煥植이 제2태평양노조조직(한동혁)이고, '일본제국주의의 타도 없이는 농민해방도 없다'는 기치를 내건 그 적색농민조합이니 결국 '한동혁의 임무=상환식의 임무'가 되고, '李秀亨이 李秀炯이 된다. 그러나 '李秀亨=李秀炯'으로 단정하는 것은 아직 이르다.

　李秀炯은 늘 姜煥植, 秋敎哲, 張基源, 金弼善 등과 같이 묶인다. 특히 李秀炯과 姜煥植[11]은 바늘과 실 같이 붙어 다닌다. 강환식은 한동혁과 똑

10　京高特秘 제2100호, 「조선공산당재건동맹강원도지방 혁명공작사건검거에 관한 건」, 경찰정보철, 1934.7.31.

11　한국사데이터베이스에 나타나는 姜煥植의 범죄 사실은 3개다. 첫째는 사건번호 20382,

같은 성격의 일을 수행하는 인물이다. 京高特秘 문서 「朝鮮共産黨再建同盟事件에 관한 件」 제2100호에도 姜煥植, 李秀炯, 秋敎哲, 金弼善이름이 나란히 올라와 있다. 이 네 사람은 같은 열혈 사회주의민족주의자들이다. 이들이 체포된 혐의는 전부 赤色農組 문제이거나 공산당재건조직 문제이다. 韓東赫이 졸업한 동방노력자공산대학은 식민지 피지배운동가를 체계적으로 교육했는데 그 가운데 공산주의 이론, 당조직, 노조건설 등이 주요 과목이었다. 이런 점에서 '태평양노동조합사건太平洋勞動組合事件의 주범 한동혁(韓東赫) 등 성진농민조합원(城津農組) 四十여명' 가운데 한 사람인 李秀亨과 '낙산사(洛山寺)에 모히여 양양적색농민조합조직의 협의를 하고 적색농민조합과 적색로동조합을 조직할전제로 양양적색로농협의회(襄陽赤色勞農協議會)를 조직하자는 의논을 한' 李秀炯이 李秀亨과 同名異人일 수 없다. 동일한 일, 적색농민조합조직을 불과 몇 달의 시차를 두고 시도하다가 체포되었기 때문이다. 따라서 '李秀亨=李秀炯'이 성립한다.

II. 한국 근세사 속의 '主義者' 李秀炯

국사편찬위원회 한국사데이터베이스에 나타나는 자료, '보존원판(小)제14371호(촬영 昭和 5년12월 13일)'에 의하면 姜煥植의 본적은 강원도 襄陽 造山이고, 주소는 함경북도 鏡城郡 漁郞이며, 직업은 '記者'로 되어 있

昭和 3년(1928) 치안유지법위반으로 검거된 사건이다. 생일 光武 9년(1905) 3월 26일, 본적 江原道襄陽郡 襄陽造山 52번지, 주소 咸鏡北道鏡城郡漁郞鳳岡이고 직업 "記者"이며 신분은 常民이다. 사진촬영 일자는 소화 5년 12월 13일이다. 둘째는 사건문서번호 20382번, 생일 明治 38년(1905) 3월 26일생, 주소 강원도 양양도천 속초, 직업 商, 치안유지법위반, 검거일 昭和 9년(1934) 5월 1일, 사진촬영 장소는 昭和 9년 5월 16일 경기도청으로 된 문건이다. 셋째는 죄수문서번호: 20382번 생일 明治 39년(1906) 3월 26일, 본적 강원도 양양군 道川芦700, 직업 잡화상, 죄명 치안유지법위반, 전과2범, 서대문형무소, 형기2년. 언도관서 경성지방법원이다. 죄수사진 촬영일자 昭和 9년 12월 19일이다.

다. 강릉농업학교, 中東學校를 졸업하고 교원생활을 하던 강환식이 東亞日報 鏡城지국장을 한 이력이다. 강환식이 치안유지법 위반으로 두 번째 검거된 때가 昭和 9년(1934) 5월 1일, 노동절인데 이때 강환식과 행동통일을 한 '리수형'은 '李秀亨'이 아니고 '李秀炯'으로 나타난다. 이것은 李秀亨이 韓東赫과 함께 벌린 太平洋勞動組合事件이 李秀炯이라는 말이다. 왜냐하면 李秀亨이 한동혁과 행동통일을 한 城津事件과 李秀炯이 강환식과 행동통일을한 襄陽事件이 동일한 赤色農組 조직문제이고 이름이 다 같이 '리수형'인데 다만 이름의 한자가 '亨'이고 '炯'일 뿐이다. 두 사건이 '李秀亨·韓東赫'은 1933년 1월에 일어난 赤色勞組 사건이고, '李秀炯·姜煥植'은 1934년 勞動節에 일어난 赤色勞組 사건이다. 그러니까 두 사건의 성격은 동일하다. 따라서 李秀亨=李秀炯이 된다. 韓東赫, 李秀亨은 1933년 1월 함경북도의 城津을 중심으로 공산당 조직, 적색농조 조직을 도모 했고, 姜煥植, 李秀炯은 襄陽을 거점으로 같은 일을 모의한 것이다.

李琇馨의 고향은 城津과 가까운 鏡城이다. 이 사실은 앞의 이용악의 좌담회 말에서도 나타나고, 조금 뒤에서 말하려는 李琇馨의 李庸岳의 시집 '발문' 「용악과 용악의 예술에 대하여」에서도 李琇馨은 이용악과 같이 鏡城에서 짜개바지 동무로 자랐다고 말하고 있다. 한국사데이터베이스에 나타나는 일제 감시대상인물 姜煥植의 초범 때(昭和 3년 7월)의 본적과 출생지는, 다시 말하지만 江原道 襄陽郡 道川面이고, 주소는 咸北 鏡城郡 漁郎 鳳岡이고, 직업은 '記者'이다. 치안유지법 위반으로 재범으로 잡힌 昭和 9년(1934) 5월1일의 기록과, 그 죄로 2년 언도를 받은 제판기록(昭和11년·1936년 2월)에는 본적과 주소가 모두 襄陽이다. 그렇지만 昭和 3년(1928) 7월의 강환식과 昭和 9년,11년의 강환식이 다른 인물일 수도 있지 않을까 라는 의문이 생길 수 있다. 그러나 그런 의문은 절대로 성립될 수 없다. 주소가 동일한 것 말고, 두 인물의 생년월일이 동일하기 때문이다. 昭和 3년(1928) 강환식의 생년월일은 光武 9년 3월 26일이고, 재범과, 2년 징역언도를 받은 재판기록의 강환식의 생년월일은 明治 28년 3월26일이다. 이 두 생년월일은 같은 1905년 3월 26일이다. 이러한 정황을 근거로 할 때 강환식은 鏡城이 제2의 襄陽인 셈이다. 그렇다면 姜煥植, 李秀炯은 오래전, 그러니까 강환식이 東亞日報 鏡城지국장 시절부터 사상적으로 인간관계를 맺은 동지였을 것이다.

李秀亭이 韓東赫과 농조조직을 기도한 城津은 李琇馨의 고향 鏡城과 가깝고 姜煥植이 살던 襄陽과는 멀다. 그러나 세 도시가 모두 동해안 뱃길이라 내왕이 어렵지 않았을 것이다. 그래서 鏡城의 李琇馨이 襄陽에 李秀炯으로 위장 전입하여 적색농조 일을 수행할 수 있었을 것이다. 당시 사건 기록(1934년 7월 31일 '발신자 경기도 경찰부장, 수신자 경무국장, 문서철명 警察情報綴控 (昭和9年),문서번호 京高特秘 제2100호)'에 의하면 李秀炯은 道川面 書記이고, 주소는 襄陽郡 道川面 大浦里 番地不詳이다. '번지불상'이라는 것은 僞裝을 암시한다. 일제강점기 주의자가 이런 위장으로 자신의 임무를 비밀리에 수행한 것은 李琇馨이 따르고 모시던 朴憲永이 光州에서 벽돌공장 노동자, 변소청소부 등을 하며 공산주의 활동을 한 데서 잘 나타나고, 또 李秀亭과 동지관계였던 韓東赫이 韓鳳儀, 崔明山, 金基伯이라는 이름으로 城津郡 農組組織 등 공산주의 임무를 수행한 데서도 잘 드러난다.

姜煥植, 李秀炯이 연루되고, 京城帝大 교수 三宅鹿之助를 필두로 「朝鮮共産黨再建同盟, 産業別赤色勞働組合事件 全貌, 世稱 西大門署事件」을 무려 3면으로 다룬 1935년 8월 24일자 『조선일보』 호외, 또 같은 날 『조선일보』 본지 제4면에서 대서특필한 전국의 朝鮮共産黨再建同盟組織과 産業別赤色勞働組合組織 사건은 연루된 피의자 가운데 110명이 송국, 16명이 공판, 43명이 결심에 회부될 만큼 컸다. 襄陽赤色農組事件은 그런 기사의

續報이다. 그런데 주범 姜煥植은 직업이 雜貨商이고 신분은 兩班[12]이다. 이 것은 鏡城에서 記者로 일했고 신분이 常民이었던 것[13] 과 다르다. 李秀炯과 함께 신문에 이름이 뜬 秋敎哲은 당시『조선일보』襄陽지국장이다. 이것은 일제강점기 지식인이 주의자가 되어 자신의 사명을 수행하기 위해 주소와 직업을 이리저리 바꾼 것과 같다. 아니 그런 수법으로 일제에 의해 금지된 공산주의당조직을 재건하고, 적색농민조합을 결성하려는 행위다.

　　인용 기사 5개의 공통점은 韓東赫, 李秀亨, 李秀炯, 姜煥植은 조선에 太平洋勞動組合, 적색농민조합과 적색로동조합조직, 國際赤色勞組인 太平洋勞動組合聯盟을 태평양연안각국에 확대하기 위해 城津, 襄陽, 興南 등지에 숨어들어 활동한 좌익 공산주의자들이라는 것이다. 신문기사 대로 말하면 '동근이지(同根異枝)'이다. 따라서 "李秀亨= 李秀炯=李琇馨"을 성립시킨다. 李秀亨이 로서아 共大 출신 韓東赫의 同志이고, 李琇馨이 로서아 共大 출신 朴憲永주의자라는 사실이 또한 "李秀亨= 李秀炯=李琇馨"을 성립시키기 때문이다. 李秀亨이 가담한 태평양노동조합 조직책 韓東赫은 '흥남질소공장중심으로 제一차태평양노동조합을 후계하야 제이차 태평양노동조합을 조직하려든 로서아 공대(共大)출신'[14]이다. 이런 사실은 李琇馨이 남로당 맹장이 되어 제주 4·3사태를 문제삼는「山 사람들」을 쓴 사상과 일치한다. 한동혁이 공부한 로서아 共大, 곧 東方勞力者共産大學, 모스크바 共産大學, 極東共産大學은 朴憲永, 덩샤오핑(鄧小平), 호치민(胡志明), 曺奉巖

12　1934년 7월 31일 '발신자 경기도 경찰부장, 수신자 경무국장, 문서철명 警察情報綴控(소화9년), 문서번호 京高特秘 제2100호'에 의하면 姜煥植의 직업은 雜貨商이고 신분은 兩班이다.

13　한국사데이터베이스의 일제감시대상인물 姜煥植은 昭和 5년 12월 13일에 촬영한 사진과 함께 작성된 문서번호 20382에 명시된 기록에는 기업은 '記者'이고 신분은 '常民'이다.

14　咸南一帶赤化計劃 第二太勞組織을 劃策한 咸興赤色勞組左翼事件:『동아일보』1932. 12.18.

이 공부한 공산주의의 이론의 매카이다. 그렇다면 「朴憲永先生이 오시어」
=李琇馨=南勞黨', '太平洋勞動組合事件・赤色農組運動家・朝鮮共産黨再建
組織責=李秀炯'과 '李琇馨=南勞黨=李秀炯=朝鮮共産黨再建組織責'이 성립
한다. 恒數 '로서아 共大'가 고리로 양쪽을 연결한다. 따라서 "李秀亭=李秀
炯=李琇馨"이 성립한다.

　　문제적 인물 韓東赫에 대해 조사한 자료를 좀 더 자세하게 알린다.
韓東赫의 본명은 金元默이다. 본명과 가명이 엄청 다르고 '韓東赫'이라는
이름을 유권적으로 해석하면 '東'과 '赫' 의미가 매우 깊다. 그런데 이 이름
말고 이름이 3개 더 있다. 韓鳳儀, 崔明山, 金基伯이다, 『동아일보』 1933년
5월 30일 기사는 韓東赫은 農民組合사건의 발상지 定平[15]출신으로 로서아
共大를 졸업하고 조선에 들어와 第二 太平洋勞動組合, 곧 赤色勞農協議會
조직을 주도한 인물로 나타난다. 1933년 5월 30일 『동아일보』는 이런 한동
혁이 태평양노조사건으로 수감되어 취조를 받던 중 폐병으로 1933년 5월
27일 33세로 사망했다고 했다. 그러나 그 韓東赫이 1935년3월 5일자 『동아
일보』에는 태평양노조사건 공판에서 징역 4년 언도를 받았다는 기사가 났
고, 국사편찬위원회 한국사데이터베이스 재판기록에도 그때 촬영한 사진
이 나타난다. 그렇다면 1933년 5월 30일 기사는 오보이다. 사정이 이렇지
만 한동혁이 죽을병에 걸렸다는 기사가 두 번 이나 뜬 것을 근거로 할 때
[16] 그는 적색노조 조직에 열중하다가 중병에 걸려 1936년경에 사망한 듯하
다. 1935년 3월 5일 『동아일보』 기사 이후 신문에 이름을 발견할 수 없기

15　定平은 농민조합사건 제1차 발생지다. '定平農民組合事件 七十三名 예심종결 / 경찰대와
　　충돌등일대소동'(『동아일보』, 1932.6.17.). '定平農民組合事件明日咸興서개정.법정피고五十九
　　名(『동아일보』, 1932.11.30.) 기사 참조.

16　『동아일보』, 1932년 9월 4일, 『중앙일보』, 1933년 1월 8일에 한동혁에 대한 보도가 그러
　　하다.

때문이다. 일제시대 주의자로 살던 사람들의 내력에서 흔히 보는 비극적 현상이고 한동혁도 그런 거물이었다는 말이다.

Ⅲ. 李秀炯의 만주행과 '詩人', 李琇馨

李秀炯은 1933년 이후로는 조선에서 자취를 감췄다, 『조선일보』 1935년 8월 24일자 호외에 '리수형(李秀炯) 추교철(秋敎哲) 장기원(張基源) 김 필선(金弼善) 등이 소화팔년 칠월 이십삼일에 관동팔경의 하나인 낙산사(洛山寺)에 모히여 양양적색농민조합조직의 협의를 하고 그 뒤 수차 그 고을 강현면(降峴面) 육각정(六角町)에 모히여 적색농민조합과 적색로동조합을조 직할전제로 양양적색로농협의회(襄陽赤色勞農協議會)를 조직하자는 의논을 하고 각방으로동지를 규합코저 활동하엿다한다.'[17]는 기사는 1933년 "리수 형(李秀亨) 외 二人은 지난 三일에 다른 신병으로 역시 위독하야 불구속취조 (不拘束取調)로 내여노아 방금 병원에 치료중이다.[18]"라는 「중앙일보」 기사에 대한 속보로서 총괄 보고이다. 그러니까 李秀亨 · 李秀炯은 1933년 이후 조 선에서는 자취를 감추었다. 행방이 묘연하던 李秀亨, 혹은 李秀炯의 행방 을 알리는 단초가 다음의 글이다.

17 　襄陽農組 姜煥植이 中心. 洛山寺서 結成:『조선일보』, 1935.8.24. 朝鮮日報 號外. 이 호외 는 '事件 發生後 三年 今日記事解禁'이라면서 "朝鮮共産黨再建同盟 産業別赤色勞動組合 事件 世稱 西大門署 事件. 城大教授等筆頭로 全朝鮮的檢擧旋風 / 百十名送局, 十六名公 判, 四十三名決審 一次共産黨以來大事件". 재작년 가을 조선전도를 통하야 동서남북 가 기에 대검검선풍을 이르켯든 서대문경찰서의 검거사건은 사건발생된지 삼년만에 이제야 경무당국의 신문기사 금지해제로 그 진상을 세상에 알리게 되엇다. 이날 호외는 전 5면에 걸쳐 대서특필하였다.

18 　赤色勞組嫌疑로 五十餘名檢擧取調. / 第一次로百餘名을送局後 / 北靑署再活動猛烈 / 留 置中의四十餘名中臥病者繼續發生 / 發疹窒扶斯,腸窒扶斯 / 危重한兩名은不拘束:「중앙일 보」, 昭和八年(1933.1.8.)

옆房에서 H는 아직 코를 드렁드렁이며 초나주 밤중인모양 아마
쓰러진 야수인양 씨쩌진 차거운 溫突짱에 목을 트리박고잇슬것이다.
…(중략)…내가 故鄕을 쩌나 이짱에 온지 七년이나되도록 꼿한번 사
랑할수업는 生活을 하여온 나는 오래만에 꼿에 대한 愛着을늣씨는
것이다.[19]

李琇馨이 『만선일보』에 발표한 「前衛의 魔笛은」이라는 에세이의 한
대문이다. 이 글이 발표된 것이 1940년 11월 이니 1933년 1월 「중앙일보」
기사에 나타난 "리수형(李秀亨)"이라는 이름을 기점으로 계산하면 해수로
는 7년이 된다. 그러니까 이수형은 소화팔년 칠월 이십삼일에 관동팔경의
하나인 낙산사에 모여 양양적색농민조합조직의 협의를 한 죄로 검거되었
으나 발진지부스에 감염되어 풀려난 뒤, 그는 소리 소문 없이 만주로 떠나
왔고, 우리 글자로는 이수형이고 한자로는 李琇馨인 시인이 되었다는 사
실을 알려준다. 함형수 이력도 같다. 그는 1933년 鏡城高普生들이 중심이
된 '咸北六市를 中心으로 共青勞組等各秘社를 結成'하여 항일운동을 하다
가 체포되어 집행유예로 풀려나[20] 바로 만주로 갔다. 항일운동자료 京鐘警
高秘第3667號에는 '滿洲方面에 高飛逃走'한 것으로 기록되어 있다.[21] 그러
니까 두 사람은 식민지 정책에 저항하던 사회주의자였는데 만주에서 만나
동지가 된 것이다. '옆房에서 H는 아직 코를 드렁드렁이며'의 'H'는 함형
수이다.

李秀炯이 조선의 신문에서 이름이 사라진 것은 韓東赫과 같은 현상

---

19 李琇馨, 「前衛의 魔笛은. 上·下」, 『만선일보』, 1940.11.15.~11.16.

20 咸北共産黨再建事件 / 最高六年役言渡 / 咸興地方法院의判決 十八名執行猶豫, 『조선중
앙일보』, 1933.11. 7.

21 한국사데이터베이스, 국내 항일자료 咸亨洙, '사상에 관한 정보 5' 참조.

이다. 한동혁은 사망햇으니 그러하겠지만 李秀炯이 1933년 이후 완전히 사라진 것은 미스터리였는데 7년 뒤 한글로는 이수형이고 한자로는 李琇馨인 사람이 만주 新京에서 발행되는 『만선일보』 1940년 3월 13일자에 「白卵의 水仙花」라는 시를 발표하며 나타났다. 7년간 행방이 묘연하던 열혈 공산주의자 李秀亨·李秀炯이 "시인 李琇馨"으로 변신한 것이다. 곧 "이수형=李琇馨 = 李秀亨·李秀炯"이다. 이런 단정을 뒷받침하는 근거는 또 있다. 현경준과 홍양명의 글에도 이수형과 함형수가 단짝으로 나타난다.

고요하게妍妍하게 그리고은근하게흘러나오는 레코-드의멜로디- 에 一抹의哀愁가서려잇고 한잔한잔 기우리는 술잔에사라저가려는靑春의弔意와頹廢에서오는感傷이沈澱되어잇다면 그것은 多分히 로멘티시즘에서오는 한째의쑴이라고 할수도잇스리라.

어느詩人이나論客의글句가 아니어도 000(판독불가) 誘惑속에는 말할수업는鄕愁가서려잇고追憶이깃드러잇는 것이다. 그러나圖們의 뒷골목 不夜城에는 무엇이서려잇는가? …(중략)…

나는무척이나너를사랑한다. 나의생활속에數업시 浮沈된그記錄도사랑한다. 그럼으로언제던지 나는너를한번내冊床우에 올려안치고녀석의온갖것을한덩어리로-- 훌륭히生動하는그덩어리로 맨드러노흐려한다.

그리고 그것은 어찌나쑨만의 意慾이랴. 金貴 亨洙 琇馨 모도다 너를위해붓대를가다듬고잇는 것이다.

그째면너는 다시금훌륭한다음단계로 쏘飛躍을 하겟지. 자 그러면 오늘은이만하고씃친다.[22]

---

22 玄卿駿, 「新興滿洲風土記―圖們篇」(三), '不夜城은 修羅場, 情緒貧困의 都市', 『만선일보』, 1940.10.5.

五年前 記者가 C報在職時 京城으로부터 이곳經由北滿으로 다
니러가는길에 當時이곳驛에勤務中이든 李琇馨君(間島貿易株式會社)
에게서 만흔便益을바든일이잇서 그後交通도잇섯슴으로 即時李君
을차저厚意나謝하고 도라오려고나간 것이 李君을만나고보니 쉬려
는豫定이재트러저 밤늦도록 舊懷를푸는자리로 옴겨지고말엇다. 이
어서 咸亨洙 金貴氏도來參케되여 疲困하면서도 圖們의 色다른 文
人몃분과 面接한것은愉快한일이엿다. '슈르레알리즘'--- 超現實主
義에傾倒되고잇는이들 意氣投合한三人은 時代의苦憫과權威와詭
計와 僞善을 쒸여넘어 아모것에도制約밧지안는 자기만의像想의自
由로운世界에 그들이最善이라고 생각하는藝術魂을 昇華하고잇는
것으로 생각하고잇는모양이다. …(중략)… 날마다 豆滿江건너 文字그
대로 望鄕하고 살고잇는이곳의鮮系住民의 이데올로기는 民族協和
的이기보담도 多分히 咸鏡北道的이아닌가? …(중략)…五十二萬의鮮
系住民이란 全滿鮮系住民의 約半數에 該當함으로 間島省의 省都
延吉은엇더한 意味에서 延吉은 滿洲國內 鮮系住民의 精神의 首都
이라고도할 것이다.[23]

玄卿駿(1909~?)[24]은 도문을 암울한 공간으로 인식하고 있다. 그러나 '亨
洙, 琇馨', 곧 함형수와 이수형과 金貴(소설가)는 그런 도문의 분위기와 다르
다. 현경준의 표현대로라면 로멘티시즘이 함형수, 이수형, 김귀를 덮어 시
운다. 그러나 홍양명은 '民族協和的이기보담도 多分히 咸鏡北道的'이라 했

23 洪陽明, 哈市東滿間島瞥見記(六), 「圖們,延吉의印象」, 『만선일보』, 1940.7.20.
24 玄卿駿(1909~?)은 鏡城高普를 중퇴하고 서백리아를 방랑하다가 돌아와 평양숭실중학에
    서 수학하고 1937년부터 도문에서 교원생활을 했다. 「流氓」을 1940년 5월 중 집필하여
    1940년 7,8월 『인문평론』에 발표했다. 신영철 편, 『싹트는 大地』(만선일보사출판부, 1941.)
    162쪽 참조.

다. 이것은 현경준과 관점이 아주 다르다. '함경북도적'이라는 로컬리티는 함경북도는 개화의 기운이 조선에 일 때, 제일 먼저 「서우학회」(1906.10.) 「서북학회」(1908.1.)와 같은 교육기관을 설립하여 국민을 계몽하고[25], 한일합방 뒤에는 그것을 일제에 대한 저항의식으로 발전시킨 서북지역 특유의 민족정신을 지칭하기 때문이다.[26] 이수형과 함형수의 의 경우는 「시현실」 동인 결성에 그 '함경북도적' 정신이 나타났다. 여차하면 식민지 정책에 맞서는 소요를 일으키는 함경북도, 특히 鏡城高普, 경성농업하교 학생들의 기질이 그것이다. 현경준, 함형수는 경성고보 중퇴자이고 이수형, 김귀도 경성고보 출신으로 추정된다.

홍양명은 이수형이 1935년 도문 역에 근무할 때 C일보(『조선일보』) 기자로 북만을 드나들 때 처음 만나 도움을 받았다고 했다. 맑시스트 李秀炯이 韓東赫이 사망하자 잠적한 바로 그 시간이다. 당시 함경북도와 간도성 일원에는 鏡城高普 출신들이 각개각층에 약 2천명이 포진해 있었고[27], 이수형의 절친 김귀가 도문 세관에 일하고 있었으니 李秀炯은 그런 인맥을 이용해 도문 역무원이 되었을 것이다. 문학을 잘 모르는 언론인 홍양명이 함형수와 이수형을 '僞善을 쀠여넘어 아모것에도 制約밧지안는 자기만의 像想의 自由로운 世界에 그들이 最善이라고 생각하는 藝術魂을 昇華하던 시인'이라 말하는 것을 보면 이수형, 함형수, 김귀의 인간관계는 고향, 출신학교 정도로 묶이는 관계보다 더 깊다. 김귀는 장르가 소설이고, 이수형과 함형수는 장르가 시지만 이 둘은 시 이전에 사상적으로 동지관계에 있다. 근거가 무엇인가.

25   전응경, 「근대 전환기 지역학회지와 지역문학의 근대적 태동」, 『전환기의 한국언어와 문학』, 2019 한국어문학회 전국학술대회 발표논문집, 2019.10.19. (안동대학교)

26   정주아, 『서북문학과 로컬리티』, 소명출판, 2014.

27   이활, 『정지용·김기림의 세계』, 명문당, 1991, 226쪽.

1932년 10월 15일자『동아일보』2면 전면을 채운 기사에 따르면 함형수는 1932년 10월 11일 청진경찰서에 검거되었는데 그 죄가 로시아 共大출신 張道明과 함께 會寧, 雄基, 吉州, 博川, 鏡城, 生氣嶺 등에 共靑勞組 等各秘社 黨再建前提의 各種組織體"를 세우려했다는 것이다. 이 기사에는 張道明 등이 "太平洋勞組 秘密部와도 연락하여 금강산을 거점으로 적색농민조직을 만들려했고, 咸亨洙는 鏡城高普 二學年生으로 참가한 사실을 적시하고 있다. 한편『조선중앙일보』는 1933년 11월 7일 함흥지방법원이 내린 이 사건의 재판 결과를 2면 톱기사로 다루었다. 기사 표제는 '咸北共産黨 再建事件 最高 六年役言渡 十八名執行猶豫'이고, 咸亨洙의 형량은 집행유예 2년이다.

한국사데이터베이스에는 이 사건을 '咸北 鏡城高普校 檄文散布事件'(京鐘警高秘第3667號 地檢秘 발신일 1932.10.18.)이라 했다. 首謀者는 鏡城君 梧村面 尹炳權으로 공산주의를 수행하고 적색노동자협의회 설립을 목적으로 동지를 규합했다고 기술하고 있다. 京鐘警高秘第3667號는 이 사건에 城大 哲學科 三年生 朴致祐가 연루되어 있고, 鏡城高普生들이「學赤通信」이라는 책자를 발간하려고 했으며 그 가운데 咸亨洙가 포함되어 있다. 이 사건 이후 이 멤버들은 滿洲方面으로 高飛逃走했단다.[28] 이런 기록은 틀리지 않는다. 圖們으로 간 함형수는 圖們白鳳優級學校 교사가 되었고, 이수형은 도문 역에 일자리를 얻어 홍양명의 표현처럼 '鮮系住民의 精神的首都'에서 '그들이 最善이라고 생각하는 藝術魂을 昇華하는' 문학을 시작한 까닭이다,「시현실」동인은 이렇게 탄생되었다.

함형수의 이런 이력은 이수형의 이력과 동일하다. 곧 공산당재건, 적

28　이상의 사실은『동아일보』1932년 10월 15일자 2면과『조선중앙일보』1933년 11월 7일자 2면 기사 및 한국사데이터베이스에 나타나는 함형수관계 京鐘警高秘第3667號, 발신일 1932년 10월 18일자 문서 참조.

색농민조합건설, 만주로 도피 등이 똑같다. 이수형이 로서아 공대 출신 韓東赫과 동지였듯이 함형수는 로시아 공대출신 張道明의 동지였다. 당시 로시아 공대출신들이 사회주의 종주국에서 공부를 하고 국내로 잠입하여 사회주의세력에 기대어 민족운동을 한 것을 감안하면 한동혁과 이수형, 장도명과 함형수는 둘이 아니라 하나였을 것이다. 이런 사실을 근거로 할 때 "李秀亨·李秀炯=李琇馨"이 성립한다.

둘째, 우리말로 부르고 쓸 때 똑같이 '이수형'이다. 한자로만 표기가 다르다.

셋째, 「白卵의 水仙花」 이후, 李琇馨이 발표한 시와 산문의 내용이 '李秀亨·李秀炯'이 하던 일의 내용과 성격을 암시하는 게 많다. 특히 「前衛의 魔笛은. 上·下」(『만선일보』, (1940.11.15.~16.))가 그렇다.

넷째, 1935년~1940년 사이 '李秀亨·李秀炯'이라는 이름이 신문지상에 전혀 나타지 않았던 것은 이 인물이 지하로 숨어 변신을 도모하고 있었다는 말이다. 이것은 일제가 공산주의운동을 민족운동, 독립운동으로 규정하여 1936년 조선사상범보호관찰령을 공포하자 공산주의자들이 모두 지하로 숨었던 사실과 일치한다. '李秀亨·李秀炯'은 공산당재건운동, 적색농민조합운동을 한 공산주의자 중의 공산주의자이니 해외로 도피하여 때를 기다리고 있었던 것이다.

다섯째, '李秀亨·李秀炯'이 시인 李琇馨이 된 것은 신분위장이고, 전략상 노선을 수정했기 때문이다. '李琇馨'이라는 이름에는 시인의 향기가 풍긴다. 이런 향기가 '李秀炯'이라는 이름이 풍기는 강한 느낌과 다르다. '炯' 字는 혁명가의 냄새가 나지만 '琇'자와 '馨'자는 시인의 향기가 난다. '馨'자는 僻字라 독음이 '향'으로 혼동될 경우가 있어[29] 이름 한 개가 두 개

---

29 해방 직후는 '琇馨'이라는 이름으로 수필 「健蘭有恨」(『신천지』 2월호 제4권 제2호, 1949.)을, '수

역할을 한다. 그러니까 '李琇馨'은 공산주의자로 민족운동을 수행한 '李秀亨·李秀炯'의 정체를 유지하면서 그런 일을 문학(시)으로 구현 하는 의미를 지니고 있다.

李秀炯이 韓東赫과 동지가 되어 조선공산당을 재건하고, 姜煥植과는 적색농민조합을 조직하려던 1930년대 중반의 열혈 공산주의자들은 여러 개의 이름을 쓴 사람이 많다. 예를 들면 양양적색농조사건, 또 강릉적색농조사건으로 체포된 28명 가운데 본명 외에 별명을 쓰는 사람이 거의 반이고, 李鎭壹, 吳必善, 沈仁澤은 별명이 4개였다[30]. 韓東赫은 본명 金元默 외에 韓鳳儀, 崔明山, 金基伯이 더 있다. 그러니까 이름이 5개이다. 이런 이름을 이리저리 바꿔가며 원산 부두노동자 등 온갖 일을 하다가 로서아로 가서 東方勞力者共産大學을 졸업하고 해삼위를 통해 조선에 다시 잠입하여 청년들과 공산당조직과 농민조합조직을 비밀리에 수행할 때 金元默이 강인한 인상을 풍기는 韓東赫이 되었다. 李秀炯이 시인 인상을 풍기는 李琇馨이 된 것과 같은 이치의 변성명이다. 金九는 처음 金昌巖던 이름을 金昌洙로 바꾸고, 동학교도가 된 뒤 國母報讐(명성황후 복수)의 명분으로 일본인을 처단하고, 인천 감옥에 수감되었다가 그 뒤 가석방되어(1915) 인천의 지사 그룹과 어울릴 때는 이름은 金龜로 호는 蓮下에서 白凡으로 바꾸었다. 이수형이 '李秀亨, 李秀炯, 李琇馨'인 것은 光州 벽돌공장 노동자로 지하운동을 한 朴憲永이 '斗洙, 斗秀, 이두수'로 변성명한 것과도 흡사하다. 박헌영은 그 외 王楊玉, 王楊, 朴健一 이름을 번갈아 썼다.

형'이라는 이름으로 「風葬前後」라는 에세이를 썼다.(『신천지』 7월호 제4권 제6호 1949.), 이수향도 있다. 「薛貞植氏의 詩集『諸神의 憤怒』에 對하여」(『세계일보』, 1948.12.8.)를 썼다. '향'은 '형'의 오기로 판단된다. '馨'자는 '향'으로 읽히기 시운 僻字이다.

30 『조선일보』, 1935년 8월 24일자 號外 1면「朝鮮共産黨再建同盟 / 産業別赤色勞働組合事件」기사 참조.

李秀炯이 李琇馨으로 시를 쓰던 시간 朴八陽은『만선일보』에 6개의 이름 朴八陽, 金麗水, 金如水, 放浪兒, 水原一夫, 靑木一夫로 글을 썼다. 朴八陽으로는 그의 중심장르 詩인「소복닙은 손님이오시다」,「사랑함」과 평론「讀書餘談」(1940.5.14.)을 쓰고, 金麗水로는「不老.長生.健康」(1940.3.21.) 같은 수필 류를 썼다., 放浪兒로는 친일시로 읽히기 쉬운「季節의 幻想」 (1941.1.19.)을, 水原一夫로는 창씨개명 문제인「문단 뒷골목」(1940.9.7.)을, 靑木一夫로는『반도사화와 낙토만주』'序' 썼다. 그러나 문제의 소지가 많은 「세 絶對의 眞理」(상·하, 1940.10.26.~10.27.)는 金如水를 썼다.[31] 한글로는 이름 이 같고 한자를 바꿔 정체를 살짝 숨기는 것이 李琇馨과 비슷하다.

정황이 이렇다면 "李秀亨= 李秀炯=李琇馨"은 특별한 것이 아니다. 그러나 이 연구가 워낙에 "李秀亨= 李秀炯=李琇馨"이라는 등식이 성립될 때 객관도가 더 높아진다. 바로 李琇馨이 쓴 이용악의 시집 발문「용악과 용악의 藝術에 對하여」와 시「아라사 가까운 고향」이다. 이 발문과 유년회 상의 망향시는 다른 시각에서 "李秀亨= 李秀炯=李琇馨" 임을 증명한다. 먼 저『李庸岳集』(同志社.1949.)의 발문,「용악과 용악의 藝術에 대하여」의 첫 두 문단을 보자.

인젠 용악도 나도 서른 다섯해나 지내 왔건만 이럭저럭 흘러간 세월 속에서 어떤 이름은 몇일 몇몇해 부르며 불리우며 하다 사라졌 는데 나의 변두리에서 애초부텀 항시 애오라지 이처럼 애착을 느끼 게 되는 이름이 또 있을까!

용악! 용악이란 詩로써 알게된 것도 아니고 섬터서 사귄 것도 아 닌줄은 구태여 말할 나위도 없지만 오히려 우리가 시러 시로 이름도

---

31   '제1장. 1940년대 초기 在滿 朝鮮人詩 形成의 前史' 참조.

옮겨 부르질 못하던 아주 젖먹이 때부터 낯익은 얼굴이다.

幸인지 不幸인지 젖먹이 때 우리는 放浪하는 아비 어미의 등곬에서 시달리며 무서운 國境 넘어 우라지오 바다며 아라사 벌판을 달리는 이즈부즈의 마차에 토로이카에 흔들리어서 갔던 일이며, 이윽고 모도다 홀어미의 손에서 자라올 때 그림 즐기던 용악의 兄의 아구릿파랑 세네카랑 숱한 뎃쌍을 붙인 房에서 밤낮으로 얼굴을 맞대고 있었던 일이며, 날 더러 깐디-를 그려달라고 해서 그것을 바람벽에 붙여 놓고 그 앞에서 침울한 표정을 해가며 글 쓰던 용악 少年의 얼굴이 지금도 눈에 선하다.

그뒤 섬트기 시작하여 日本으로 北間島로 헤어졌다 만났다하며 工夫하고 放浪하는 새 용악은 어느 틈에 벌써 『分水嶺』『낡은 집』이란 詩集을 들고 노래 불렀던 것이다. [32]

李琇馨은 이용악이 '이름도 옮겨 부르질 못하던 아주 젖먹이 때부터 낯익은 얼굴'이라 말하고 있다. '용악도 나도 서른다섯 해'라는 말은 두 사람이 이웃으로 함께 자란 동갑네기라는 말이다. 이용악은 또 이렇게 말한다. '어린시절 아라사를 드나들던 어머니가 우라지오나 허바리께에 갔다가 올 때마다 갖다 주던 흘레발(로시아빵)을 아래 윗집에 살던 시인 신동철과 나눠 먹으며 행복하게 살았단다.'[33] 이것은 李秀亨≒李秀炯≒李琇馨"의 관계를 성립시킨다. 『삼천리』에 이런 좌담회가 벌어지던 바로 그 시간(1940.9) 이수형과 신동철은 합작시 「生活의 市街」(1940.8.23.)를 『만선일보』에 발표하고 있었다. 아래 윗집에 살던 정분대로이다.

---

32   李琇馨, 「용악과 용악의 藝術에 대하여」, 『韓國現代詩人全集⑴.李庸岳集』, 同志社, 1949. 159쪽.

33   관북, 만주출신작가의 '향토문화'를 말하는 좌담회, 『삼천리』, 1940.9. 105쪽.

'日本으로 北間島로 헤어졌다 만났다하며 工夫하고 放浪하는 새' 라는 대문은 "李秀亨≒李秀炯≒李琇馨"을 "李秀亨=李秀炯=李琇馨"으로 확정시킨다. 어릴 때는 길이 달라 헤어져 다른 길로 갔지만 어른이 되어 두 사람이 만났을 때 그 다른 길이 같은 길이었다는 뜻이다. 둘이 다시 만났을 때 李庸岳은 '문학가동맹에 가입한 시인'이 되어 있었고, 李琇馨은 「박헌영선생이 오시어」를 외치는 '남로당 맹장 시인'이 되어 있었다. 이런 사실은 '李秀亨, 혹은 李秀炯'이 1930년대 극렬한 공산주의자로 적색농조운동을 한 내력을 전제한다. '李庸岳=李琇馨=共産主義者'이다. 그렇다면 "李秀亨= 李秀炯=李琇馨"이 성립된다.

둘째, 또 '섬트기 시작하여 日本으로 北間島로 해어졌다 만났다하며 工夫하고 放浪하는 새'라는 말은 이용악과 이수형의 삶의 내력을 말해준다. '日本으로'라는 말은 이용악이 東京 上智大學으로 유학을 떠난 사실을 가르치고, '北間島로 해어졌다'는 李琇馨이 圖們에서 시인으로 살던 내력을 의미한다. 젖먹이 때부터 이용악과 낯이 익은 李琇馨은 이용악이 東京으로 공부하러 떠나고 자신은 고향에 남아 적색농민조합 운동에 신명을 바쳤지만 '1940년경에 이르러서는 그런 활동이 완전히 마비되자'[34] 만주로 잠입하여 시인 李琇馨으로 산 내력이 이 한 줄 문장에 압축된 셈이다. 따라서 "李秀亨= 李秀炯=李琇馨"이 성립된다.

셋째, 李琇馨의 시 「아라사 가까운 故鄕」에 나타나는 다음과 같은 대문 역시 "李秀亨= 李秀炯=李琇馨"을 성립시킨다.

삼일 만세통에 '이놈의 세상은 그저 아무렇지도 않은체 살아야

---

34   김석근, 「1930년대 한국농촌사회와 공산주의운동: '적색농민조합운동' 연구」, 한국정신문화연구원 한국학대학원 박사, 1992. 참조.

살 수 있다'든, 그러다가도 가막소 만주 아라사로 헤매던 애비의 도
끼에 찍혔든 홀어미의 아들 형수는 해방도 되기전에 끝끝내 자살한
어미도 모르고 귀송의 꼴이 되었다.
　'차라리 죽었으면 詩集이래두 내주지않겠느냐고'들 하였다.

　어느 他鄕에서 새벽마다 들리던 故鄕의 바닷소리는 잊혀지질 않
드라는 사람들, 어쩐지 귀송의 꼴이 삼삼거린다던 사람들, 헤여졌다
다시 돌아온 사람들은 이러한 꼬개꼬개 뭉쳐진 궁리가 어슴푸렛이
가슴 속 어득시구렛한 구석을 우굴우굴 오르내리는 것 같았다.

　가막소에 끄을려 가도 그것도 "하나님'이 그렇게 한 것이라고 기
도만 드리든 전도부인의 아들 철이랑 人民軍 짙푸른 軍服입은 싱싱
한 젊은이 되었다는데

　어찌하여 시바우라 같은데서 軍隊 잠빵을 씹으며 모군하면서 싸
와오든 용악과 너희들 靑春은 또 다시 서울 골목을 쫓겨다니다 진고
개나 넓은 길에선 그저 아무렇지도 않은 체 하는 다만 그럴듯한 쥐정
뱅이 구실을 해야만 하느냐.[35]

　이 시에는 이수형의 몇 개의 개인사가 드러난다. 그의 고향이 아라사
가까운 곳이며 오랑캐를 무찌르던 성이 있다. 거기서 박귀송과 살았다. 박
귀송의 친구 함형수가 있고, 함형수의 어머니는 8·15전에 자살했다. '전도
부인의 아들 철이랑'이라는 구절의 '철'은 이수형이 「생활의 시가」를 합작
한 '申東哲'일 것이다. 신동철과 이용악은 이웃으로 살았고, 이수형은 이용

35　李琇馨, 「아라사 가까운 故鄕」林學洙 편, 『詩集』, 漢城圖書株式會社, 1949. 339쪽.

악의 시집 발문 「용악과 용악의 藝術에 대하여」를 썼으니 친구의 친구다. 또 이용악은 '조선민족을 해방시키려는 혁명운동에 참가하여 여덟 번이나 일제의 경찰에 붙들리고 무서운 고문'에 시달린 내력이 있고[36], 이수형은 '서울 골목 쫓겨 다니다'로 미루어보아 그들은 해방공간에도 지하운동에 가담한 주의자로 함께 활동했던 것 같다. 박귀송은 와세다대학 정치과를 다녔고, 가난한 고학생이던 이용악은 1930년대 후반 시바우라·芝浦를 매립하여 항만을 만들던 군부대가 내버린 잠빵을 먹기도 하며 조치대학 신문학과를 다녔다.

함형수는 감옥에서 죽은 아버지의 유서를 안주머니에 넣어 꿰매어 입고 다녔고, 박귀송은 '설어운 가을날 / 빠이올린의 / 애처러운 소리'라 며 '폴·뻬를레-느'의 「가을의 노래」를 읊으며[37] 한만국경지대를 떠돌았고, '오랫동안 그립어하든 / 바다ㅅ가에 와서 / 오고 가는 힌돛배 / 헤여보노라 // 하나, 둘, 셋, 넷 / 헤연보아도 / 사라지는 힌돛배 / 하도 설어워 // 산고개 넘에, 넘에 / 고향 앞산의 / 연분홍 진달래를 / 그려하노라.'[38]며 서럽게 살았다. 이수형이 李秀亨, 李秀炯, 李琇馨으로 살며 박귀송과 함형수와 얽힌 삶의 내력이 행간에 깔려 있다. 그러나 이들은 해방을 맞이하여 각각 다른 길을 갔다.[39]

36　金光現, 「내가 본 시인─정지용·이용악 편」, 『민성』 제4권 제9·10호, 1948.10. 73~74 쪽.

37　朴貴松 譯詩二題 「輓歌. P-B 쉘리」, 『四海公論』 3호(1935년 7월호).

38　朴貴松, 「바다ㅅ가에서」, 『新人文學』 8월호, 1935. 107쪽. 박귀송은 『新人文學』 기자를 거쳐 대중잡지 『新世紀』 기자로 일하며 高鳳京, 高凰京) 자매를 초대하여 좌담회 '현대여성의 결혼' 등을 발행인 郭行瑞와 취재했다. 『新世紀』 제2권 제1호. 1940년 1월호.

39　해방 뒤 이수형은 서울에서 북한으로 갔고, 함형수는 만주에 그대로 남아 있다가 국공내전 때 모택동군으로 長春 전투에 참전했다. 박귀송(1914~ 함북 富寧출신)은 대중종합잡지 『新世紀』에 근무하다가 6·25 때 대구로 피난을 와서 『영남일보』 편집국장을 역임했고

지금까지 논의해온 사실을 근거로 할 때 "李秀亨= 李秀炯=李琇馨"이 성립한다. 그러나 이런 사실판단에도 불구하고 이수형이란 인물은 아직 베일에 싸여있는 데가 있다.

이수형은 함경도 鏡城에서 시인 이용악과 이웃으로 자란 내력이 너무도 명백하다. 그런데 어떻게 양양군 도천면 서기가 되었을까[40]. 문학 공부는 어디서 언제 했기에 「조선시의 재단면」 같은 본격적인 시론을 신문에 연재하고, 어려운 초현실주의시를 쓰고 「시현실」 동인을 이끌었을까. 이수형이 어디서 공산주의이론을 학습했는지도 알 수 없다. 이름이 최초로 묶이는 한동혁이 "외국에서 잠입한 3명의 남녀 청년과 성진농민조합원(城津農組) 조직을 시도하다"가 피검되었다는 신문기사를 고려할 때 이수형도 로서아 共大에서 공부하고 조선에 잠입했을 수도 있다. 그가 이용악의 시집 발문에서 말한 '放浪'이 러시아를 의미할 수도 있다. 한 편 「朝鮮詩壇의 裁斷面」에 '極히 한가한날 明治座에 가보면'[41]이라는 말이나 阿比留信의 「詩의 聲」, 永田助太郎, 近騰東 같은 언급을 전제하면 東京 유학을 거친 인물 같기도 하다. 일제 강점기 민족운동을 하던 사람들이 이곳저곳으로 옮겨 다니며 신분을 속이고 임무를 수행한 그런 인생행로를 연상시킨다. 그렇지만 이수형의 경우는 너무 심하다.

「애가」라는 시집을 출판했다. 의붓아들들을 성취시켰으나 노년의 아버지를 돌보지 않아 1970년대에 대구에서 행려병자로 죽었다(시인 金元重 증언. 2020.4.9.). 『매일신문』 기자 출신 丁英鎭은 박귀송이 李雪舟 시인에게 돈을 빌려달라고 부탁하는 육필 편지를 소장하고 있다고 증언했다(2020.4.9.).

40 '襄陽農組 姜煥植이 中心. 洛山寺서 結成': 『조선일보』, 1935.8.24. 朝鮮日報 號外.참조. 이 사건기록(1934년 7월 31일 '발신자 경기도 경찰부장,문서철명 警察情報綴控(昭和9年), 문서번호 京高特秘 제2100호)'에 의하면 李秀炯은 道川面 書記이고, 주소는 襄陽郡 道川面 大浦里 番地 不詳이다.

41 李琇馨, 「現代詩의描寫面의空虛(6)—朝鮮詩壇의 裁斷面」, 『만선일보』, 1941.2.18.

이런 사정에도 불구하고 이수형은 골수 공산주의자인 한동혁, 강환식과 동지관계를 맺고, 적색농민조합운동, 조선공산당재건운동, 노동운동에 신명을 바친 인물임은 분명하다. 특히 張道明과 동지관계로 민족운동을 한 함형수와 절친한 사이였고, 또 이용악, 신동철 같은 시인과는 짜개바지 동무였고, 해방이 되어 귀국한 뒤의 행적이 남로당 수장 박헌영의 세상 실현에 바친 내력 또한 그러하다. 이 밖에 이수형이 사회주의자로 민족운동을 한 아래와 같은 사실이 있다.

첫째, 해방공간에 적산처리에 관여했다. 1945년 9월에 조직한 「조선섬유산업건설동맹회 결성」때 일본이 경영하던 산업장을 건설동맹과의 협조로 운영 관리할 때 이수형은 그 집행위원의 한 사람이었다.

> 섬유산업의 관계자들은 섬유산업의 확고한 토대를 세우는 동시에 시급한 문제를 해결하고자 조선섬유산업건설동맹회를 조직하고 섬유산업에 관한 모든 기관과 산업장을 관리하며 지도해 나가고 생산설비와 원료품과 용도품 기타 재고품의 확보를 기하는 동시에 각 공장에 생산지도를 하고 한편 적절한 배급을 기하기로 되었다. (……) 그리고 사무소는 서울 종로 3정목 8번지이며 집행위원은 다음과 같다. 위원장 : 趙重洽. 부위원장 : 李道榮 金益均 . 위원 金昌俊 金王冕 金宅均 李源泰 李琇馨 李秉器 李容默 睦旭相 朴斗秉 孫琪遠 全孝燮 趙英九 蔡學攸 天洪俊 韓圭明 韓蓬來 洪學基 金坤, 사무국 사무장 姜錫天, 사무차장 金忠炫[42].

둘째, 1946년 8월 학생들에게 외국어 교육을 많이 시켜 선진문명 문화를 적극적으로 수입해서 국가를 발전시켜야 한다는 취지의 「외국어연구

42 『매일신보』, 1945.9.21.

회」창립 때 '간사'를 맡았다.[43]

셋째, 본격적인 미술평론 「繪畵藝術에 있어서의 大衆性 問題―最近 展覽會에서의 所感」을 '대중미술 관점'에서 쓰고[44], 헌문사에서 출판한 오 장환 시집 『나 사는 곳』(1946)을 장정했다.

넷째, 해방공간에는 林和, 兪鎭五, 金光現, 薛貞植, 金尙勳, 曹南嶺, 李 秉哲 등과 함께 열렬한 박헌영주의자가 되어 「朴憲永先生이 오시어」(문화일 보.1947.6.22.)를 발표하고 제주 4·3사태를 테마로 한 「山 사람들」 등을 썼다.

다섯째, "이놈아 빨갱이 무슨 겨를에 난초가 다 뭐냐' 하고 看守선 생이 꾸짖는 거이었다." (……) "자네는 人民을 위한 文學을 한다는 사람 이……"[45] 이런 수필을 썼다.

이상 기사와 글은 전부 李琇馨이라는 이름으로 발표되었다. 이수형 이 李秀亨이란 이름으로 기사가 난 것은 단 한차례 「중앙일보」 1933. 1, 8 일자뿐이고 나머지는 전부 李秀炯이다. 이것은 '炯'자의 오식일 것이다. 신 문기사에 흔히 일어나는 일이다. 특히 이수형을 다룬 첫 기사라 '亨'자 인 지 '炯'자 인지 잘 몰라서 일어난 오식일 것이다. 따라서가 이수형의 본명 은 李秀炯으로 판단된다. 신문기사와 재판기록이 모두 李秀炯으로 되어 있 고, 李秀亨은 1933년 1월 중앙일보 기사 뒤 다시 나타나지 않는다. 특히 李 琇馨이란 인물이 만주에 나타난 이후 李秀炯이라는 존재는 종적이 완전히 사라졌기 때문이다. 근대문학에서 '李琇馨'이라는 이름은 이 이수형 뿐이 다. 흔한 이름이 아니다. 따라서 '李秀亨=李秀炯=李琇馨'이다.

마지막으로 자료가 아닌 증언으로 덧붙일 말이 있다. 만주에서 문인

---

43 「外國語研究會 創立」, 『서울신문』, 1946.8.28. 기사 참조.

44 李琇馨, 「繪畵藝術에 있어서의 大衆性 問題 - 最近 展覽會에서의 所感」, 『新天地』 제4권 제3호, 1949.3.

45 李琇馨, 李琇馨「建蘭有限」, 『新天地』 제4권 제2호, 1949.2. 142~143쪽.

으로서 큰 활동을 한 뒤 대구로 와서 계성중학교 국어교사로 근무하면서 아동문학가, 수필가로 활동을 한 金鎭泰[46]의 증언이다. 내가 계명대학 도서관에서 이름만 전하는 『在滿朝鮮詩人集』을 발굴하고, 1980년 제23회 전국 국어국문학 대회(정신문화연구원. 1980.6.7.)에서 「암흑기문학 재고찰」을 발표하기 전 그를 만났다. 김진태가 만주에서 신춘문예에 소설이 당선되었고, 해방 전 만주에서 이름을 날린 문인이라는 소문이 대구문단에 파다하게 퍼져 있었기에 재만조선인 문학에 대한 자료며 문단이야기를 듣고 참고하기 위해서였다. 특히 『재만조선시인집』에 「생명의 서」라는 인상적인 시를 게재한, 경북대학 교수였으나 교수직을 그만두고 여고 교장이 된 유치환의 의 시, 학부 때 강의를 들은 金春洙 교수의 無意味詩를 연상시키는 이수형의 「창부의 명령적해양도」, 김조규의 「연길역 가는 길」 등의 시가 나의 지적 호기심을 자극했기에 그런 시인들의 그 시절의 정체가 궁금했기 때문이다. 그리고 『재만조선시인집』이 1942년에 출판되었으니 다른 자료를 더 찾는다면 친일문학기, 또는 암흑기로 규정된 1940년대 초기를 달리 해

---

46   金鎭泰(1917~2006)는 1940년 金鎭秀라는 이름으로 『만선일보』가 '鮮系文藝의 指標 / 天才待望의 새 龍門'이라는 사고를 내어 창설한 '제1회 소설콩쿨'에서 상금 五十圓의 「移民의 아들」이 일등으로 당선되었고, 1941년에는 신춘문예에 金鎭泰로 소설 「光麗」가 당선되었다. '京城 光熙町에서 나서 大邱高普를 거쳐 大邱師範에서 배우고 서울 麻浦에서 교사로 있다가 지금은 대구로 돌아와서 몸이 아파 누어지내는데 몸이 조하지면 行李를 수려 어디론가 갈 것'(신춘문예 당선소감. 『만선일보』. 1941.1.14.)이라 했다. 김진태는 1944년 만주국으로 다시 가서 協和會에서 지도급으로 일했다. 해방 뒤는 경향신문 신춘문예에 동화 「고집쟁이 羊」이 당선된 뒤(1947.1.26.) 金信一이라는 필명으로 글을 썼고 계성중학교 국어교사로 근무했다. 말년에는 주로 수필을 썼다. 김진태는 내가 다닌 경북고등 선배기에 자료를 얻으려고 노골적으로 친밀감을 표시했고, 그 덕에 그가 소장하고 있던 소설 「移民의 아들」 스크랩과 기념으로 보관하고 있던 「滿鮮日報」 제호가 있는 신문도 주었다. 그 뒤 몇 차례 만주 시절 이야기를 들었다. 그가 들려준 이야기는 당시 만주국 고등관시험에 합격한 申基碩, 평론가 李甲基, 만주를 떠돌고 『방랑기』(계몽사.1948)를 낸 李雪舟 등이 모두 대구출신이라 했다. 그 뒤 나는 이설주를 만나 많은 자료를 구했다.

석할 수 있다는 내 나름의 계산 때문이었다. 그러나 나는 김진태로부터 그가『만선일보』'소설콩쿨'에 입상한「이민의 아들」스크랩 일부와『만선일보』제호 '滿鮮日報'를 자료로 받았고, 李琇馨에 대한 간단한 인상기만 들었다. 김진태가 왜 재만시절 이야기를 아꼈을까. 미스터리다. 그러나 생각하면 그의 재만시절의 이력, 곧 신춘문예 당선 소설「광려」, 또『만선일보』에 연재한 소설「이민의 아들」, 그리고 '협화회'의 근무 등이 께름칙 했을 것이다.

Ⅳ. 마무리

지금까지 논의한 사실을 다음과 같이 정리한다.

1930년대의 李琇馨은 '李秀亨, 李秀炯'으로 활동했다. 李秀亨으로는 로서아 共大(東方勞力者共産大學) 출신 韓東赫과 太平洋勞動組合設立, 赤色農民組合建設을 주도하다가 피검되었고(중앙일보.1933.1.8.), 그 뒤 李秀炯으로는『동아일보』鏡城지국장 출신 극렬 사회주의자 姜煥植과 襄陽赤色勞農協議會를 조직하려다가 옥고를 치렀다.(『조선일보』, 1935.8.24. 호외, '조선공산당재건동맹/산업별저색노동조합사건 전모' 참조) 이수형의 고향은 함북 鏡城이고 강원도 양양에서는 道川面 서기로 일했다. 양양에 적색농조건설을 위해 신분을 위장했다.

재만문학기「白卵의 水仙花」(『만선일보』, 1940.3.13.)이후, 그러니까 시인으로 활동하면서부터는 李琇馨이라는 이름을 썼다. 圖們에서 咸亨洙, 申東哲 등과「시현실」동인을 결성하고「백란의 수선화」,「창부의 명영적 해양도」,「풍경수술」등의 초현실주의기법의 작품을『만선일보』에 발표했고,「소리」(1942),「기쁨」(1943),「玉伊의 房」(1943)과 같은 외연과 내포가 아주 다른 시를『朝光』에 발표했다. 1941년에는 당대 조선시를 초현실주의 관점에서 통시적으로 고찰한 「朝鮮詩壇의 裁斷面」을 『만선일보』(1941.2.12.~22.)에 연재했다. 그 외 「前衛의 魔笛은」(『만선일보』, 1940.11.15.~16.)과 같은 문제적 에세이를 썼다.

해방기에도 李琇馨으로 활동했다. 이 시기는 시인으로, 문화민족주의자로 활동했는데 모든 언행의 기준이 사회주의사상이다. 이것은 1930년대 太平洋勞動組合設立, 赤色農民組合建設을 주도하던 언행과 완전히 일치한다. 남로당 수장 박헌영을 칭송하는 「박헌영선생 오시어」(문화일보.1947.6.22.), 제주 4·3사태를 테마로 삼는 「산 사람들」, 새 시대에 대한 기대를 노래한 「待望의 노래」 등의 시, 또 민중미술론 「繪畫藝術에 있어서의 大衆性 問題」와 여러 편의 수필 등이 그러하다. 또 일제적산 문제를 처리하는 「조선섬유산업건설동맹회결성」(1945.9.)에 집행위원의 한 사람으로 활동한 것, 학생들에게 외국어교육을 시켜 국가를 발전시키려는 「외국어연구회」 창립 때 맡은(1946.8.) 간사 역시 그렇다.

이상과 같은 사실을 근거로 '李秀亭=李秀炯=李琇馨'이라는 사실판단을 내린다.

이수형이 한국에 남긴 마지막 자취는 '詩人 李琇馨氏의 慈堂 安養 自宅에서 別世'(연합신문. 1950. 4.20)라는 기사 한 줄이다. 6·25가 발발하자 바로 월북했고, 북한에서는 리수형으로 포경선을 타고, 농군으로 일하며 시와 수필을 발표했다. 그러나 1960년대 중반이후로는 북한문학 매체에 이름이 나타나지 않는다. 남로당 숙청 때 모든 것이 끝난 듯하다.

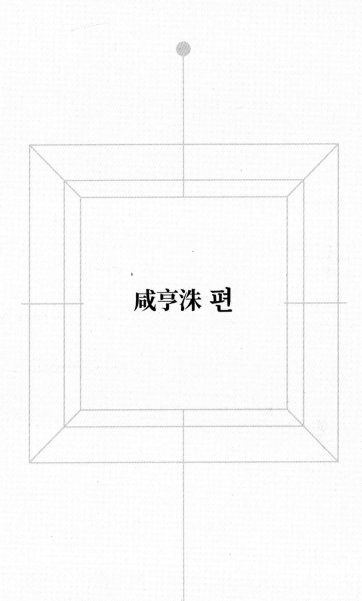

咸亨洙 편

黃昏의 아리나리곡

(『삼천리』, 1937.1.)

놀란들 쫓긴들 黃昏의 江畔에
옹송그리는 優雅한 무리.
오오 높다라히 울지도 몯하고
검은 땅만 파헤치며
구슬피 코우름 운다.

노을진 피빛 하눌에
貴로운 쁠 고추드러 사슴아
저므는 아리나리江畔에
눈 나리감고 焦燥를 눌러라.

아아 江畔에 해는 깜박 저무렀다.
연약한 네 다리
작고만 구르지말고 사슴아
아득한 歷史의 흐름에 귀기우려라.

마음

(『동아일보』, 新春懸賞當選詩, 1940.1.5.)

이미 만났으면 다시 갈러지리라.
떠났으면 언제나 돌아오리라.
오 어디서 오는 信仰力인가

또한 낯선 異邦사람처럼
우리 그저 스치고 지나가리라
항시 입은 다물어 버리리라

불어오는 無常의 바람이여.
비와 같이 쏟아지는 감정의 낙엽이여
우리 다만 마음속으로 생각하리라
종시 울지는 않으리라.

오 가이없는 허무의 사막
어두운 운명의 하늘이어
우리 필경 아무 것도 모르리라.

正午의 모-랄

(『만선일보』, 1940.6.30.)

모-랄은 웃는다 모-든 눈물 뒤에서
모-랄은 운다 모-든 웃음 뒤에서
모-랄은 怒한다 맷돌 방아싼에서도
모-랄은 눕는다 曲馬團로-프에도

모-랄은 노래부르는 둑거비냐
모-랄은 노래하지안는 쇠쏘리냐

혹은
모-랄은 계란 속의 都市計劃
-계란을 삼킨 D孃의 주둥아리

눈을 쓰면 나의 책상 우
그라쓰 컵 속에서 시름꽂이 운다
그라쓰 컵 우에서 구름이 돈다

聖母마리아의 悲哀속에서도
센트헤레나의 鬱憤속에서도

갈리데오의 디구에서도
뉴-톤의 능금에서도
그리스도의 수염애서도
李太白의 風內가운데서도

쏘는
K博士의 곰팡이 낀 노-트 속에서도
아- 나의 쌔여진 머리 속에서도
-손톱눈에서도
씨그러진 나의아버지의 갓에서도
내음새나는 나의어머니의 고무신짝에서도
얼눅진 N孃의 한가치에서도

쏘는
바람에 날려간 D老人의 帽子속에서도

눈을 감으면
한업시 한업시 물러서는 焦點과
무한히 버러지는 視野와
수업시 수업시 交錯되는 애-테르와

오-어디에서도
무수히 무수히
지절거리고
不平하고

싸히고
밀려드는

모-랄모-랄……

理想國通信

(『三千里』, 1940.5.)

광야에 소래 있어 웨쳐가로되 悔改하여라 天國이 가까웠느니라-新約

1

거리거리엔 무수한 카페-와 食堂과 레스트란과 단스홀-이 있을지니라.

小學生들은 오늘 닭의 다리처럼 여윈 先生에게 十三個國의 술을 한턱 할지니라

그리고 先生님에게선 푸르-트와 과자와 코-히와 떡과 빵을 단단히 받아먹을지니라.

「先生님 저 여자는 수수땡이 처럼 빼빼 여윈 게 똑 우리 어머니 같습니다.」

「先生님 이애는 한쪽 눈이 종지처럼 큰것이 똑 굶어죽은 나의 동생 같어요.」

「先生님 저 파리똥처럼 죽은 깨가 잔득 백힌女子는 똑 우리누이 같습니다.」

「先生님 저 애는 한쪽 입술이 삐뚤어진 것이 작년에 내가 下水道에 던지고 온 제의것 같애요.」

「先生님 先生님

　　술을 마십시다 菓子를 드십시오

　　오늘은 기끈 울고 기끈 웃고

　　그리고 오늘은 기끈 사랑합시다」.

오늘은 나라를 위하여 술을 먹고

오늘은 나라를 위하여 춤을 추고

오늘은 나라의 金盞을 쓰고

오늘은 나라의 팡을 먹는 날--

小學生들이어

저 天使와 같은 惡魔와 같은 계집들을

「어머니」「누이」라고 이날은 부를지니라 부를지니라.

2

聖書와 佛經으로 모조리 塗壁한

집집의 應接室-

對話

淑女「지나간 시대엔 戀愛란 우스운 遊戯가 있었다지요.」

紳士「지나간 時代엔 法律이란 시끄러운 道德도 있었다외다」

紳士淑女「하하하 하하하 하하하 하하하……」

3

자기의 幸福도 아들의 幸福도 어머니의 幸福도 모조리 잊어버린

저 商人이라는 더러운 族屬은

쇠말에 태워서 에베레스트 探險이라도 보낼지니라 보낼지니라

4

學者들은 그라이다-와 날개에 대하여 좀 더 徹底히 硏究할지니라

돌땡이보다 좀 더 무겁고 鉛땡이보다도 좀 더 무겁고 地球보다는 좀 더 무겁지안은

이 肉體를

火星에 土星에 木星에 아프리카에 아메리카에 飛翔시킬것은

그대들의 努力이로다.

오- 무수한 新天使들이

하늘에 橫溢할 그날이여

5

거리거리엔 꺽구로 서는 練習을 하는 아히들이 지극히 많어질지니라.

그것은 묵은 體操精神에 대한 「안티테-제」이니 말니지 말지니라 말니지 말지니라.

6

獰惡하다는 獅子와 범과 이리들의 가슴에

새로운 神의 呼吸이 들어가는 날

그들은 거리에 몰려나와

牛乳를 팡을 과자를 乞食하리로다.

그 우서운 궁뎅이춤과 그 멋없는 코노래를 부르면서-- .

총을 거둘지니라.
총을 거둘지니라.

7

피곤한 할머니와 하러버지들은 함모끄에 실어서 산으로 바다까로 보
낼지니라.

「水滸志」를 읽어드릴까요
「로빈손쿠루소-」는 어떻습니까
페루시아의 술 노래가 좋으시지요
자장가나 불러드릴 깝쇼

8

孔子는 家庭敎師로
老子는 大學敎授로
예수그리스도는 外國語講師로

어떻습니까 여러분

9

오- 기폭은 「아홉가달龍」으로 합시다.
　　　　　「이홉가달龍」으로 합시다.

10

거리엔 軍艦을 띠워놓고

바다엔 自動車와 汽車를 띄워놓고

하늘엔 山과 집을 날리고

구름은 따에 나려안고

독까비 웃음 같은 爆竹을 터지우고

코끼리 때우름같은 祝砲를 울리고

　　童話와 같은

　　天國과 같은

　　웃음과 같은

　　恐怖와 같은

空前의 祝祭를

내일은 벌립시다.

내일은 버립시다.

나의 神은

(『만선일보』, 1940.10.21.)

　멀-니 暗黑속을 쏠코오는 히미하나마 확실한 빗갈과가티
아모리 衰殘한 肉體와 아모리 敗北한 情神에게도
쏘하나의 門을가르치는
나의 神은 그런 慈悲의 神이리라.

永遠使役에 쩌러진 捕虜囚와도 가티
불타는 情熱과 굿세인 意志와 良心과 熱誠과
最後의 犧牲쌔지를 바처서 섬길지라도
오히려 우리를 疑心하고 채찍질하는
나의 神은 그런 嚴格한 神이리라

地上에 사는 온갓것의 享樂과
地上에 사는 온갓것의 자랑과
地上에 사는 온갓것의 價値와
地上에 잇는 地上에 잇는
온갓 모-든 것을 가지고도 바꿀수업는
나의 神은 그런 高貴한 神이리라.

해와 달과 별과
動物의 系列과
植物의 種類와
人類의 歷史와
이 모-든 것을
단 한번의 憤怒로서 재가 되게 할 수 잇는
나의 神은 그런 무서운 神이리라.

"典型詩集"에서

나의 詩論 - 엇던 詩人에게 - 上·下

(『만선일보』, 1940.12.22.~12.24.)

上

意識의 無意識과 無意識의 意識科 意識의 意識과 無意識의 無意識과— 이러한 모-든 境地를 完全히超越한 그어쩐 精神的形而上의世界가잇다면 그러한 意識世界마저를 한개의 意識에 不過하다고볼째 우리의힘은 完全히元素以上으로 消炎한다.

아브스트랙숀의境地가 具體의경지를 빌게되는것은 釋迦의苦行과가튼 煩悶과悲劇의 境地이다.

바르작크는 人生喜劇을說明하엿스나 喜劇의00을認識치못하엿다는 것이 오늘날우리의 상식이다.

觀察의透明性에는 두가지가잇다.

客觀과 主觀의 사이의 透明 좀더 나아가서는 客觀과主觀사이의 透明을 지나

客觀自體가 透明하여지는 境地

感性的인 作品과 知性的인 作品의 差異는 이런데서생긴다.

이 問題는 心理取扱에잇서서도 쏘한 平面的인것과 입체적인것과의 對立이된다.

하나는 藝術的(現實藝術)인 '實驗'에그치고 하나는 非藝術的(非現實藝術) '自然狀態를悟道하는」데 究極한다.

藝術이 生活째문에 항상 損害를보는 人間이잇다.

生活(藝術)이 藝術(生活)째문에 항상損害를보는 人間이잇다.

(1-1)는 0에屬한다

(1+1-1-1)도 0에屬한다

그러나(1+1-1-1=0=(1-1-1+1+1+1=0)이라는 境地째지에가서는도저히 說明할힘이우리에게는업서진다. 또한必要도업서진다.

下

感情도 强하여질째는 어느程度째지 宇宙의本質에通한다는例를 보-드렐의初期詩에서본다.

그러나그것이 한개의意識化한無意識의行動인데 보-드렐의知性的優位가잇다.

藝術의衣裳은 感情이어도感覺이어도意識이어도 氣分이어도無妨하다고볼수잇다.

要컨대 그것을根本하는意識이問題가되는데에

藝術의弱點도잇으나

藝術의存在理由가잇다고 보는境地가잇다.

甲은乙이다(甲=乙)하는것과 甲과乙을 同價值에서 본다(갑=0, 을=0)는것과는 根本的으로 意識形式에서相違가잇다

藝術作品이 表現意識에拘束當할째 그것은결국藝術장르全體에對한 그엇던 00的決定이잠재하고잇는째닭이다.

메타플 世界를다시메타폴하지안으면안되게될째부터 모-든 不安定藝術장르는 0觀的道程이된다.

모-랄의….無限性은모랄은傳達되지못하는 性質의것이라는見解에서 온다.

모-랄世界는 메니페스토의 참으로 히성적인메타플努力에依하여서만 無限性에 連結될수잇다고하는 理由에서다.

表現力이 不足한人間이항상表現에는 더욱關心하게된다. 그러나眞實로强한 表現力이란 表現以前에屬한다.

表現의完全을 期하는 것은항상不完全한 表現에끈친다.

表現의不完全을 解說하는것만이항상表現의 完全을意味한다.

分散과 集中

意識과 無意識

知性과 感性

思考와 感傷

이러한모-든 對立은藝術客觀(科學·藝術)으로서의 對立이라기보다 藝術方法(論理) 藝術(哲學)으로서의 對立이라는 것쯤은이미常識이되어야할 時代다.

　　　　　　　　　솟-詩現實同人으로加入하면서[1]

1　咸亨洙.「나의 詩論-엇던 詩人에게. 上·下」만선일보. 1940.12.22.~12.24

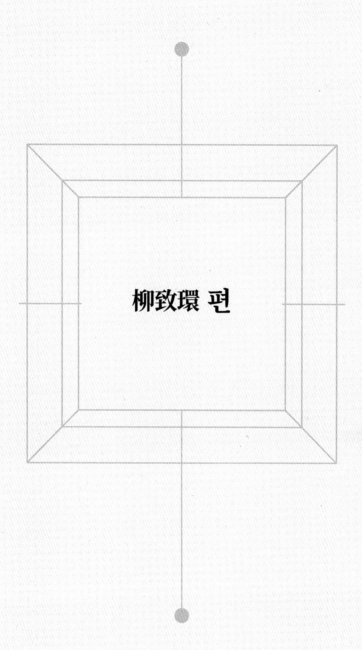

柳致環 편

石榴꽃

(『여성』 제5권 제5호, 1940.5.)

나무 모습은 기구히 늙어도
石榴꽃은 빨간 빨간 꽃이네라

잎새는 알뜰히 잘고 잘아
잎잎이 연한 자주 빛이네라

빨간 빨간 石榴꽃 그림옆에
新郞 新婦는 한쌍 鴛鴦처럼 잠자고

石榴나무 한나무 피어 선 담장안에
한할버지적부터 우리는 情다웁게 살았네라

石榴꽃은 옛옛 이애기를 보배인양 지니고
石榴꽃은 하늘 푸르는 나라에만 있네라

鶴

(『朝光』제6권 제7호, 1940.7.)

나는 鶴이로다

薄暮의 水墨色 거리를 가량이면
슲음은 멍인양 목줄기에 맺히어
소리도 소리도 낼 수 없노나

저마다 저마다 마음속 적은 故鄕을 안고
蒼蒼한 淡彩畵속으로 흘러 가건만
나는 鄕愁할 가나안의 福된 길도 모르고
꿈 푸르른 솔바람 소리만
아득한 風浪인양 머리속에 설레노니

깃은 檻褸하야 올배미마냥 치웁고
자랑은 호을로 높으고 슲으기만 하여
내 타고남이 차라리 辱되도다.

어둑한 저자가에 지향없이 서량이면
우르러 밤 서리와 별빛을 이고

나는 한오래기 갈대인양

마르는 鶴이로다.

兒喪 - P누님께

(『여성』제5권 제8호, 1940.8.)

매암이 울음소리 샘물처럼 흘러나는 午後
그 사랑스런 쥐암 쥔 손을 반긋이 빨며
너는 하늘나라로 이끌려 갔도다

이날 하늘나라의 淸福한 오솔길이
이 가난한 사립으로 통하여

어린채로 靈으로 옮은 적은 血綠앞에
우으론 젊잖으신 할아버지로부터
人倫은 한모닥 焚香처럼 다소곤히 모이고

愛情의 살림을 저미인 대신
아름다운 슬픔의 福音書를 안은 엄마는
간열픈 참새처럼 이내 눈물에 젖어 있고

젊어서 어진 깨달음을 배우는 아빠는
뒤뜰 느티나무 푸른 그늘 아래에서
조고마한 素木의 墓標를 다듬나니

罪 없으매 어린 죽엄은 박꽃인양 정하여
슬픔도 함초롬이 이슬처럼 福되도다.

生命의 書

(『동아일보』, 1938.10.19.)

나의 智識이 毒한 懷疑를 救하지 못하고
내 또한 삶의 苦惱를 다 짐지지 못하야
 病든 나무처럼 生命이 부대낄 때
저 머나먼 西剌比亞의 沙漠으로 나는 가자.

거기는 한번 뜬 白日이 不死身같이 灼熱하고
一切가 모래속에 死滅한 永劫의 虛寂에
오직 아라의 神만이
밤마다 苦悶하고 彷徨하는 熱沙의 끝.

그 烈熱한 孤獨가온데 내호을로 서면
반드시 運命같은 『나』를 對面케될지니
『나』란. 나의 生命이란.
그 原始의 本然한 姿態를 다시 배우지 못하거든
차라리 어느 沙丘에 悔恨없는 白骨을 쪼이리라.

生命의 書·1「一, 怒한 山」

(『만선일보』, 1942.1.18.)

그 淪落의 거리를 지켜
먼 寒天에 山은 홀로이 돌아앉아 잇섯도다.
눈 쓰자 거리는 저자를 이루어
사람들은 다투어 貪婪하기에 여념이 업고
내 일즉이
호을로 슬프기를 두려하지 안헛나니
日暮에 하늘은 陰寒이 雪意를 품고
사람은 오히려 우르러 하늘을 憎惡하건만
아아 山이여 너는 노피 怒하여
그 寒天에 구디 접어주지 말고 잇스라.

生命의 書·2.「二, 陰獸」

(『만선일보』, 1942.1.19.)

神도 怒여워 하시기를 그만 두섯나니
한 나제도 오히려 어두운 樹陰에 숨어
劫罪인양 昏昏한 懶思의 思念을 먹는者!
너 열 두번 일러도 열 두번 새치려지 안코
드디어 마음속 暗鬼에 벙어리 되여
하늘 푸르른 福音을 슷내 바더드리지 못하여
항시 보이잔는 怨讐에게 쏘기어 쩔며 넉식 치위가튼
骨수에 사모치는 怨恨에 줄을상 하나니 하여
밤
萬象이 太古의 靜謐에 돌아가 쉬일 째
地獄의 惡靈가튼 주린 그림자를 끌고
因果인양 피의 復讐를 헤이는
아아 너이 슬픈 陰獸!

生命의 書·3,「三. 生命의 書」

(『만선일보』, 1942.1.21.)

쌧처 쌧처 亞細亞의 巨大한 地襞 알타이의 氣脈이
드디어 나의 故鄕의 조고마한 고흔 丘陵에 다엇음과 가치
내 오늘 나의 핏대속에 脈脈히 줄기 흐른
저 未開썩 種族의 鬱蒼한性格을 깨닷노니
人語鳥 우는 原始林의 안개 기픈 雄渾한 아침을 헤치고
털 기픈 나의 祖上이 그 廣漠한 鬪爭의 生活을 草創한 以來
敗殘은 오직 罪惡이었도다!
내 오늘 人智의 蓄積한 文明의 어지러운 康昧에 서건대
오히려 未開人의 曚衢와도가튼 勃勃한 生命의 몸부림이여
머리를 들어 우르르면 光明에 漂渺한 樹木우엔 한点 白雲
내 절로 삶의 喜悅에 가만히 휘파람불며
다음의 滿滿한 鬪志를 준비하여 섯나니
하여 어느 째 悔恨없는 나의 精悍한 피가
그 옛날 果敢한 種族의 野性을 본받어서
屍體로 업드린 나의 尺土를 새쌀가케 물드릴지라도
아아 해바라기 같은 태양이여

나의 조흔 怨讐와 大地우에 더한층 强烈히 빛날지니라.[1]

1 『在滿朝鮮詩人集』(間島省延吉街新安區大和路, 藝文堂, 1942.10.)에는 제목이 「生命의 書」이고 철
자법이 몇 군데 다르다. '다엇음과 가치'가 '다었음과같이'로, '째닷노니'가 '깨닷노니'로, '털
기픈'이 '털깊은'으로, '한点 白雲'이 '한点白雲!'으로, '하여 어느 때 悔恨 없는 나의 精悍한
피가'의 '하여'가 '행여'로 바뀌고 뒤어쓰기가 몇 군데 달라졌다. 이 시집이 출판된 곳은 間
島省 延吉街 '天主敎 인쇄소'이다. 시집을 편집하고 '서'를 쓴 김조규가 기독교 신도인 것
과 유관할 것으로 추측된다. 그러니까 이 시집의 뒤에 기독교가 있다.

生命의 書. 一章

(『生命의 書』行文社, 1947.)

나의 知識이 毒한 懷疑를 救하지 못하고
내 또한 삶의 愛憎을 다 짐지지 못하여
病든 나무 처럼 生命이 부대낄 때
저 머나먼 亞剌比亞의 沙漠으로 나는 가자.

거기는 한번 뜬 白日이 不死身 같이 灼熱하고
一切가 모래 속에 死滅한 永劫의 虛寂에
오직 아라-의 神만이
밤 마다 苦悶하고 彷徨하는 熱沙의 끝

그 烈烈한 孤獨 가운데
옷자락을 나부끼고 호을로 서면
運命 처럼 반드시 「나」와 對面ㅎ게 될지니
하여 「나」란 나의 생명이란
그 原始의 本然한 姿態를 다시 배우지 못하거든
차라리 나는 어느 砂丘에 悔恨 없는 白骨을 쪼이리라.

生命의 書 二章

(『生命의 書』行文社, 1947.)

뻗쳐 뻗쳐 亞細亞의 巨大한 地襞 알타이의 氣脈이
드디어 나의 故鄕의 조그마한 고운 丘陵에 닿았음과 같이
오늘 나의 핏대속에 脈脈히 줄기 흐른
저 未開ㅅ적 種族의 鬱蒼한 性格을 깨닫노니
人語鳥 우는 原始林의 안개 깊은 雄渾한 아침을 헤치고
털 기픈 나의 祖上이 그 廣漠한 鬪爭의 生活을 草創한 以來
敗殘은 오직 罪惡이었도다

내 오늘 人智의 蓄積한 文明의 어지러운 康衢에 서건대
오히려 未開人의 朦昧와도 같은 勃勃한 生命의 몸부림이여
머리를 들어 우러르면 光明에 漂渺한 樹木 위엔 한점 白雲
내 절로 삶의 喜悅에 가만히 휘파람불며

다음의 滿滿한 鬪志를 준비하여 섰나니
하여 어느 때 悔恨 없는 나의 精悍한 피가
그 옛날 果敢한 種族의 野性을 본받아서
屍體로 엎드린 나의 尺土를 새빨갛게 물 들일지라도
오오 해바라기 같은 太陽이여

나의 좋은 원수와 大地 위에 더 한층 强烈히 빛날진저!²

2 「生命의 書 二章」은 "生命의 書·3, 「三. 生命의 書」"와 같은 작품인데 철자법과 일부 표
현이 다르다. 이 작품이 『재만조선시인집』에는 「生命의 書」로 되어 있으니 결국 "生命
의 書·3, 「三.生命의 書」.만선일보(1942.1.21)과 『재만조선시인집』의 「生命의 書」, 시집
『生命의 書』(행문사,1947)의 「生命의 書 二章」은 같은 작품이다. 다만 「生命의 書 二章」
은 "生命의 書·3, 「三. 生命의 書」"의 "康昧"을 "康衢"로, "曚衢"를 "曚昧", "아아 해바라기
같은 태양이여/나의 조흔 怨讐와 大地우에 더한층 强烈히 빛날지니라."를 "오오 해바라기
같은 太陽이여/나의 좋은 원수와 大地 위에 더 한층 强烈히 빛날진저!"로 일부 표현을 조
금 달리하고 철자법을 1947년 기준으로 바꾸었다. 유치환의 대표작으로 읽히는 「生命의
書」는 행문사 판 「生命의 書 一章」이다.

太陽-生命의 書 第三章

(『詩建設』7집, 1939.10.)

머언 太古쩍부터 薰風을 안고 내려온 黃金가루 花粉을 紛紛히 닝닝
거리던 그太陽이로다

처음 꽃이 생겼을 때
서로 부르며 가르처(指) 造化를 讚嘆하던 그 아름다운 感動과 綿綿한
親愛를아느뇨.

오늘날 世紀의 큰악한 悲劇이
스스로 피의 贖罪 끝에
나중 人類는 地表에 하나 없어져도 좋으리라.

누구뇨, 별을 가리어 서는 者는---

이 묵은 歷史의 世界에서
久遠한 年輪의 貴한 後光을 쓰고
오직 앵지만한 트는 싹고 한 마리 병아리의 誕生을 爲하야
創造의 아침의 보오얀 鄕愁에 젖은 오릇한 太陽이로다.[3]

---

[3]   이 작품은 다른 「생명의 서」와 이질적인 데가 많다. 그러나 제목이 「오오랜 太陽-生命의

運命

(『詩建設』4집, 1938.1.)

내 길가에 앉었는 때문은 觀相師앞에 가서
가난한 나의 호주머니를 털어놓고
나의 타고난 運命의별을 점지하야 보려나니
어찌 내만이 宇宙의因緣에서 벗어나 있으리오

진실로 無邊大한 偶然안에 宿命받은 나의 별이
한떨기 엉거퀴처럼 궂은 惡運에 태였드래도
오오 그래도 나의별!
너는 어느하늘가에 반짝 熱에 젖어있을지니
내 오늘 세상에 묻히어 오직 두더지모양 忍苦하노니

아하 내 어느 겨를에 거품처럼 사라지
뭇별가운대 조고마한 空虛하나 생기기로

宇宙의 廣大한 意志가운대 무슨 슬픔이있을리 있으리오.
그 휘잇한 자리는 반짝이는 다른 새별로 다시 차리니

書 第三章」이다.

편지
(『滿洲詩人集』, 第一協和俱樂部文化部, 吉林市, 1942.)

갈미峰 구름 하나 안가고잇고
마을은 해볏태 안자 잇섯다

마을가엔 복사꼿 개나리
꿈길인양 이야긴양 감기어

개울은 돌돌돌
미나리江으로 흘러들엇다

울밋태도 밈들래
논가에도 밈들래

한나절 가도 드날이 업서
마을엔 그뉘나 사는지 마는지

개도 안짓고
닥도 안울고

샘앗튼 消息
이봄 들어 두장이나 편지 왓단다

歸故

(『滿洲詩人集』第一協和俱樂部文化部, 吉林市, 1942.)

검정 사포를 쓰고 쪽짝船을 내리니

우리故鄕의 선창가는 길보다도 사람이 만헛소

양지바른 뒷산 푸른 松柏을 찌고

南쪽으로 트인 하늘은 旗빨처럼 多情하고

낫 설은 신작노 엽대기를 들어가니

내가 크던 돌다리와 집들이

소리 높이 창가하고 돌아가던

저녁놀이 사라진채 남아잇고

그 길을 차저 가면

우리집은 유약국

行而不言 하시는 아버지쩨선 어느듯

돗보기를 쓰시고 나의 절을 바드시고

헌 冊歷처럼 愛情에 날그신 어머님 겻태서

나는 찌고온 新刊을 그림책이양 보앗소

哈爾濱道理公園

(『滿洲詩人集』第一協和俱樂部文化部, 吉林市, 1942.)

여기는 하르빈 道理公園

5월도 섯달갓치 흐리고 슬푼 季候

사람의 솜씨로 꾸며진 꽃밧 하나 업시

크나큰 느릅나무만 하늘도 어두이 들어서서

머리우에 가마귀세 終日을 바람에 우짓는

슬라브의 혼갓튼 鬱暗한 樹陰에는

懶怠한 사람들이 검은 想念을 망토갓치 입고

혹은 쩬취에 눕고 혹은 나무에 기대어 섯도다

하늘도 曠野갓치 외로운 이 北쪽거리를

짐승갓치 孤獨하여 호을로 걸어도

내오히려 人生을 倫理치 못하고

마음은 望鄕의 辱된 생각에 지치엇노니

아아 衣食하여 그대들은 어쩌케 스스로 足하느뇨

踉踉히 공원의 鐵門을 나서면

人車의 흘러가는 거리의 먼 陰天 넘어

할수업시 나누운 曠野는 荒漠히 나의 感情을 부르는데

남루한 사람잇서 내게 吝嗇한 小錢을 欲求하는도다

바위

(『生命의 書』, 行文社, 1947.)

내 죽으면 한 개 바위가 되리라

아예 愛憐에 물들지 않고

喜怒에 움직이지 않고

비와 바람에 깎이는 대로

億年 非情의 緘黙에

안으로 안으로만 채쭉질 하여

드디어 生命도 忘却하고

흐르는 구름

머언 遠雷

꿈 꾸어도 노래하지 않고

두쪽으로 깨뜨려 져도

소리하지 않는 바위가 되리라.[4]

---

4   1941년 4월호 『三千里』에 발표한 원작 「바위」와 다른 데가 있다. "내 죽으면 한 개 바위가 되리라/아예 愛憐에 물들지 않고/喜怒에 움지기지 않고/바람에 깎이는대로/ 비에 씻치는대로/億年 非情의 緘黙에/안으로 안으로 自己를 채쭉질 하여//드디어 生命도 忘却하고/머언 구름/ 아득한 遠雷/꿈꾸어도 노래하지 않고/보이잖는 淋漓한 피를 흘리고/ 두쪽으로 깨뜨려져도/소리하지 않는 바위가 되리라."로 되어 있다. 『三千里』, 제13권 제4호, 1941년 4월호, 254~255쪽.

들녘

(『生命의 書』, 行文社, 1947.)

여름의 들녘은 진실로 좋을시고

일찍이 일러진 아름다운 譬喩가
寂寂히 구름 흐르는 땅끝 까지 이루어져
이땅에 넘치고
두렁에 흐르고
골고루 골고루
잎새는 빛나고
골고루 골고루
이삭은 영글어

勤勞의 이룩과
기름진 祝福에
메뚜기 해빛에 뛰고
잠자리 바람에 날고

아아 豐饒하여 다시 願할바 없도다.[5]

---

5 「들녘」과 백석의 「귀농」은 창작시간이 같고, 작품의 배경도 같은 만주이며 발상도 닮은
데가 많다.

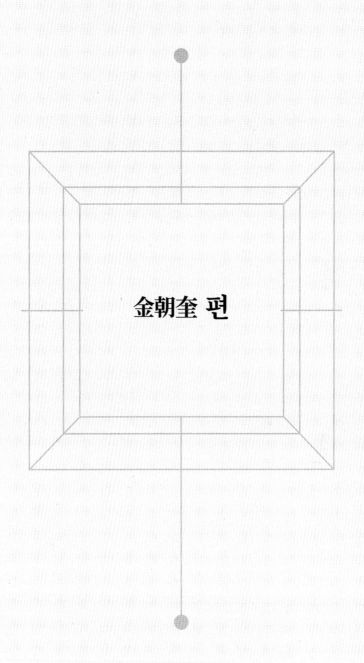

金朝奎 편

붉은 해가 나래를 펼 때 - 濃霧 속에 보내는 노래[1]

(『東光』, 1932.2.)

미끈미끈한안개가 누리를 덮은아츰에
터질듯한 가슴을 아츰안개속에 풀어헤치고
붉은火焰이 오르는듯한 눈瞳子를 하날로向하야
핏줄이 서리어 피덩이가툭툭 튀어나오도록
나는 힘찬노래를 이겨래의 잠든生命을 向하야 부르나니
친구여 노래와함께 鍵盤에손구락을 눌러라

안개끼인 오날아츰 나의聲帶에서 떨치는노래는
屍體를 옮기는者의 부르는구슬픈 輓歌가아니며
오날아츰 이겨레의 잠든生命을 向하야 부르는노래는
내음새나는 頹廢詩人이부르는 데까단의 노래가아니다.
이는 가슴속에서 깊이깊이 끌어나오는 우렁찬 XX의노래
鎔鑛爐붉은 쇠물같이 뜨겁고도 씩씩한웨침이니
친구여 그대들도 이불을박차고 沈默을깨치리라.

---

1 이 작품은 『조선중앙일보』(1931.12.23.)에 빌표된 작품인데 거기서는 제목이 「新詩.붉은해
가나래를펼째-濃霧속에보내는노래」이다. 그러나 1932년 『東光』의 제1회 '학생작품 경
기'에 '崇實中學四年金朝奎, '詩 選外' 당선작에서는 그 잡지 2월호 목차는 「붉은해가나래
를펼째-濃霧속에보내는노래」인데 본문의 제목은 「붉은해가나래를펼때-濃霧속에보내는
노래」로 되어 있다.

靈氣를잃은 눈瞳子와같이 몽농한 이아츰에

濃霧속으로 보내는 이노래는

비록 伴奏없는 외마디소리가 흘러나와도

구름장너머로 남모르게 먼동이틀때에는

사나운 즘생의 發惡같은 싸이렌이 이를伴奏하려니----

오늘아츰 부르는노래는 여름밤 모기소리같이 가느다란소리가 흘러
나와도

동녘하늘에 붉은해가 나래를 펼때에는

濃霧속에서니러날 아우성소리가 이와合唱하리니

친구여 고개를 들고이러나 拍子와마추워 노래를불러라

검은 구름이 모일 때

(『김조규시선집』, 조선작가동맹출판사, 평양, 1960.)

폭풍은 뭉게 뭉게 일어나는 검은 구름을 몰아
임종하는 사람의 찌프린 얼굴처럼,
가슴 답답한 잿빛 하늘로 성큼성큼 몰려 오나니
친우여 소낙비 쏟아지는 가두(街頭)로 뛰여 나오라

암흑색으로 서린 뭉치
봄 하늘에 끼는 비단 같은 구름이 아니며
가을 하늘에 떠오르는 솜 같은 구름이 아니다.
그는 거친 바람과 굵은 비를 끼고 오는 검은 구름쪽
음산한 분위기를 품고 북으로 북으로 달려 가나니
친우여 폭풍우 맞으며 가두로 뛰여 나오라

개미떼가 이곳저곳에서 슬금슬금 기여 오르듯
몇 세기 동안을 뭉치고 쌓인
검은 구름의 커다란 진군(進軍)이
멀리 저 멀리 검은 산마락에서 머리를 들고 움직일 때
가슴에 얽힌 붉은 핏줄이
급한 조자로 용솟음치나니

친우여 우렁찬 노래 부르러 가두로 뛰여 나오라,

험한 바람 거친 비가 산천을 휩쓸 때에는
가난한 무리가 삶의 뿌리를
깨뜨러진 력사 우에 박으려 하고
사나운 짐승의 부르짖음 같은 우레 소리가 나는 곳에서
헐벗은 우리의 잠든 생명이
싸움의 터전으로 행진하려니
친우여 새 X X 건설하러 가두로 뛰여 나오라.

-一九三一,10-

주. 새 X X···「 새 나라」의 복자

離別 - 宋朴을 보내며

(『조선중앙일보』, 1934.4.4.)

쭈루루 쭈루루 구슬픈 소리,
밤비는 애스팔트우에 哀愁의 詩篇을 그리고
눈물어린 燈불은 비오는 驛頭에 홀로 넋잃고섯을때
분홍빛 三等票에 빈주먹든 나그내,
동무는 지금 비젖는 밤의平原을 지나 東쪽으로달린다.

「故鄕은 파리한 얼골로 나를 불은다,
故鄕은 우름섞인 노래로 하소연한다」
都下의 뒷골목은 물흘익 긴歲月--
동무는 해맑은 술잔우에 이렇게 배앗지 않었든가
창백한 노스탈쟈, 노-란 幻想에 아른 거리며‥‥

하거든 그한울 그바위에 피올으는 진달래 만 보고
비나리는 이밤, 東쪽거리로 굴러감은 웬일인가
昇降台우에 나그내의그림자들마저 살어지니
동무야 旅費나 充分한가 점심값이나 있는가
아하 離別, 다리떠러진 네안경이 빗물에 흐렸고나

出發의 汽笛이 가슴속에 긁어듣고
여윈 얼골우에 비물이 흘러나린다
그러면 동무야 잘가거라, 뭍길(陸路) 千里, 물길 千里
東쪽거리는 太陽의 거세인 습唱으로 새벽이 움즉이리라
버들꽃 날으는 애쓰팔트에 동무들의 발소리 가득찻으리라
(하나 동무야, 子正넘은 밤거리 돌아오는 내발소리가 넘우나 외롭구나)

-1934, 淇城에서-

리별-떠나는 송, 박에게

(『김조규시선집』, 조선작가동맹출판사, 평양, 1960.)

쭈르르 쭈르르 구슬픈 소리
밤비는 거리 우에 거리 우에 내리고
눈물 어린 등불은 비 오는 역두에 홀로 넋 잃고 섰을 때
분홍빛 三등표에 빈주먹 든 길손
동무는 지금 비젖은 밤의 평원을 지나 북쪽으로 떠난다.

「고향은 수척한 얼골로 나를 부른다,
고향은 울음 섞인 소리로 하소연한다」
도시의 골목을 오고 가면서
동무는 눈동자를 붉히며 이렇게 말하지 않았던가
고향 사람들과 일하겠노라고.

하거든 그 하늘
그 바위에 피는 진달래 보지 못하고
비나리는 이밤
쫓기어 북쪽으로 떠남은 왠 일인가?
昇降台 우에 분주한 그림자들마저 사라졌다.
동무야 점심 값이나 있는가?

아하 리별, 다리 떨어진 네 안경이 빗물에 흐렸고나.

출발의 기적이 가슴속에 긁어든다.
여윈 얼굴 우에 비물이 흘러 내린다.
그러면 동무야 잘가라
물길 천리 뭍길(陸路) 천리
북쪽은 너를 맞는 동무들로 가득하리라.
거리에선 어께 걸고 노래하며 나가리라.
(하나 동무야, 자정 넘은 이 거리엔
돌아가는 내 자국 소리만이 울린다)

　　　　　　　　　　　　-一九三四.五-

　　　　　　　　「리별-떠나는 송,박에게-」

NOSTALGIA

(『詩建設』3집, 1937.12.)

感情이 顚覆하는 黃昏이 기면
슬픈習性은 埠頭에 나아와 머언 海愁를 불은다

알섬(卵島) 아득이 넘어오는 붉은돛이 외롭다

-나는 大同江에 薔薇를 띄우고 왔단다
-나는 西京, 옛마슬에 귀한青春을 묻고왔단다

열손가락을 펴서 여윈뺨을 만저보노니
千里 千里 北海의水平線에 보프른 어린 '노스탈지아'

힌손手巾도없이 이대로 머얼리 어댄가 떠나고 싶고나
갈매기야 갈매기야 오오 슲은바다의 詩人아

夕暮에 빗긴 쓸쓸한 나의健康, 旅路가 고닯으다,
머언 海岸路를 걸어가는 沈默한 黃昏의 슬픈行列….

오오 青鶴島 돌아서는 商船의 마스트가 서러워

눈을감으니 솨— 波濤가 귀속으로 밀려든다

丁丑仲秋 於城津港

三等待合室

(황순원, 김조규, 박남수 외, 『關西詩人集』, 인민문화사, 평양, 1946.1.)

떠나가고 오는사람들이 갑작이 보고싶어
내 躊躇히 저녁 停車場으로 나아가다.

예서 故鄉이 몇里이뇨?
南行列車에 탄 손이 부러워라 아하하
보내는 이도 없는데 帽子를 벗어
머얼리 사라지는 파아란 燈불을 바래고 있노라

人生은 雜沓하는 三等待合室
幸福보다는 不幸이 더많은 三等待合室

(할머니! 北行列車를 또 타실렵니까?
쫓기우는 族屬 아하하)

쪼막발 異國의 아가씨가 작난감처럼 거러온다
슬픈 偶像처럼 窓가에 기대어
어두워오는 낯선風景을 내여다보는 젊은이도 있다.

여기는 祖國을 떠나 머언 異邦의나라
쫓기우는 百姓들이 다리쉬는 三等待合室

오오 그무서운 季節의 채찍이 오기전
나도 어데든지 떠나가리라
한마디 告別의 人事도 없이 밤車에 홀로

(一九四一年 十月 於 間島)

三等待合室

(崇實語文學會 編『金朝奎詩集』, 1996.)

고향 사투리가 듣고 싶어
오 가는 사람들로 붐비는
저녁 停車場으로
내 蹌踉이 나아오다.

예서 고향이
몇 천 몇 백리이뇨?
南行列車에 탄 길손이 부러워라
보내는 사람도 없는데 손을 들어
멀리 사라지는
푸른 신호등을 바래주노라.

人生은 뭇자욱 어지러운
三等待合室
행복보다도 不幸으로 가득찬
三等待合室

(할머니 그 늙으신 몸에

北行列車를 타시렵니까?)
눈물의 북쪽 만리 아하하
쫓기우는 족속이여

조막발 異邦의 아가씨가
人形처럼 아장아장
문을 열고 들어선다.

슬픈 石膏像처럼 창턱에 기대어
낯선 거리의 저무는 風景을
失神한 듯 내다보는 젊은이도 있다.

아, 언제 닥칠지도 모를
그 무서운 폭압의 채찍이 내리기 전
나도 어디든지 떠나야 할 것 아닌가.
한마디 고별의 인사도 없이
밤차에 숨어
밤차에 홀로…..

-1941. 가을. 조양천에서-

『新撰詩人集, 現代文學選』(金大 出版)

三等待合室

(연변대학조선언어문학연구소편, 『김조규시전집』, 흑룡강민족출판사, 2002.)

고향 사투리가 듣고 싶어
오 가는 사람들로 붐비는
저녁 停車場으로
내 蹌踉이 나아오다.

예서 고향이
몇 천 몇 백리이뇨?
南行列車에 탄 길손이 부러워라
보내는 사람도 없는데 손을 들어
멀리 사라지는
푸른 신호등을 바래주노라.

人生은 뭇자욱 어지러운
三等待合室
행복보다도 不幸으로 가득찬
三等待合室

(할머니 그 늙으신 몸에
北行列車를 타시렵니까?)
눈물의 북쪽 만리 아하하
쫓기우는 족속이여

조막발 異邦의 아가씨가
人形처럼 아장아장
문을 열고 들어선다.

슬픈 石膏像처럼 창턱에 기대어
낯선 거리의 저무는 風景을
失神한 듯 내다보는 젊은이도 있다.

아, 언제 닥칠지도 모를
그 무서운 폭압의 채찍이 내리기 전
나도 어디든지 떠나야 할 것 아닌가.
한마디 고별의 인사도 없이
밤차에 숨어
밤차에 홀로…

    -1941, 가을, 조양천에서(『現代文學選』) 김일성종합대학출판사

北으로 띠우는 便紙 - 破波에게

(『崇實活泉The soongsillwuallchun』NO 15, 1935, 平壤崇實學校 學生
YMCA文藝部)

네가 저녁이면 南쪽 바라지를 연다지
그렇게 검든 네 얼골이 파리하지나 않었니?

大陸의 여름은 몹시 뜨겁다드라
들판의 氣候는 몹시 거츨다드라
웬일인지 들창에 턱을 고인 네얼골이 햇쑥해만 보인다.
뜰ㅅ가에 높이자란 高粱잎파리가 네풀은 노스탈쟈를 어지럽히지나
않니

　　　(한밤에 세치(三寸)나 여름은 자란다는데-)

제비의 쪽빛날개가 네들창을 두드리면
季節의 부푸른 消息에 고달픈 네 마음은 운다지
뭉게 뭉게 모깃불의 하-얀 煙氣가 追憶을 그리며 天井으로 기여올은
다.
밤-煙氣속 네얼골이 또다시 파리하다.

南쪽이 그리우면 黃昏을 더부리고 먼-松花江ㅅ가으로 逍遙해라

노래가 그리우면 아아 흘러오는 胡弓의 旋律을 조용이 어루만지거라
바람과 季節과 疲勞와 네나히밖에 너를 쌓안는 아무것도 없지?
異域의 胡弓소리는 미칠듯한 鄕愁를 눈물겨운 寂寞으로 이끈다드라

아아 저녁마다 네 마음의 徘徊는 南녘 하늘에 이른다지
그렇게 굵던 네 목소리가 가느러지지나 않었니
子正- 풀은 寢室을 두드리는 이슬ㅅ소리에 밤이 깊다

-乙亥 六月-

延吉驛 가는 길

(『조광』제63호.1941.1·『재만조선시인집』예문당. 1942.)

벌판우에는

갈잎도 없다 高粱도 없다 아무도 없다.

鍾樓넘어로 한울이 뭉어저

黃昏은 싸늘하단다.

바람이 외롭단다.

머얼리 停車場에선 汽笛이 울었는데 나는 어데로 가야하노!

호오 車는 떠났어도 좋으니

驛馬車야 나를 停車場으로 실어다다고

바람이 유달리 찬 이저녁

머언 포플라길을 馬車우에 홀로.

나는 외롭지 않으련다.

조곰도 외롭지 안으련다.

南風

(『每日申報』, 1942.3.7.)

앵글로·색손의 太陽이 바다의 階段을 나린다.
露臺우에는 비인木椅子가 기울고
午前의設計 압헤 끌어 올으는 바다의情熱
풀은 湖水우에 靑燕이 날고 날고
오늘도 南海에서는 컴패스를 돌리며
피의弧線 바다의 幾何學은 壯熱하거니
이제 빌딩 가튼 無表情을 버려야한다.
풀은한을아레 한 마리 白鷗여도 조타
三月
氾濫하는 南風속에 가슴을 벗고
深呼吸을 하자.

南方消息

(『每日申報』, 1942.3.19.)

南쪽으로 쏠린 들窓 넘어로
머얼리 바다의 손님이 찾어온다

太陽이 水平線 밋을 기인다
蒼空을 덥는 嚴肅한 바다의 構圖

한줄기 흘으는 거리의 感傷이 안이다
한덩이 밋트로 깔어안는 茶盞의倫理도 아니다

累累千年 흘러온 太平洋의經綸
太陽을 더부린 宇宙의旅行

작고만 南方손님이 들窓가에 설레인다
아이야 布帳을들어라 우리 正坐하고
南쪽消息을듯기로하자

貴族

(『朝光』, 1944.4.)

맑게 개인 蒼空이었고
언제나 푸른 바다이었다.
이가운데서 마음은 머언 우주를 생각하며 살어왔다

오오 우러러 모시기에 高貴한 民族의 古典
信念은 물줄기로 흘러 永劫에 다었고
神話는 歲月과함께 늙어 歲月처럼 새로운 東方의 이야기
흰구름을 타고 東方에 나려왔노라
祭壇을 쌓고 나뭇가지를 꺾어 한울에게 焚香했노라

「데모그라시」의 騷動을 拒否한다
神의 冒瀆을 저들「近代」의 群衆으로 부터 奪還한다
「自由」의 賤民들의 跳梁을 抗拒한다.

맑게 개인 蒼空이었고
淸澄을 자랑하는 天帝의 後裔이다
그러므로 지금 東方은 손을 들었노니
「高貴의 破壞를 물리쳐라」

「東方을 擁護한다. 반달族의 闖入을 否定한다」

(昭和 十八年 十月)

南湖에서

(황순원, 김조규, 박남수 외,『關西詩人集』인민문화사, 평양, 1946.1.)

湖水가에 앉으면
湖水처럼 停止한 나의思想이였다

조약돌 주어 湖心을 向해 던져보노니
水紋이여 水紋이여
오오 깨여지는 나의 하늘이여

가다간 蒼天이 서러워 길가에 주저 앉은때도 있었노라
나의 이웃이 슬퍼 홀로 祖上에게 瞑目할때도 있었노라

언제 머언後日
湖水가 가을처럼 맑게 개이는날
나는 나의 던진돌을 찾어 다시 나아오리라

(一九四三 四月)

張君 入營하든 날

(황순원, 김조규, 박남수 외, 『關西詩人集』, 인민문화사, 평양, 1946.1.)

머리우으로 푸른 하늘을이고
언제나 默默한 山
한 줄기 힌 마을의 煙氣는 하늘로 기여 오르고 있었다.

으악새풀 우거진곳에 익깔나무 비수리나무
아카시아 가시숲을 지나 칠칠 드리운 머루넝쿨
더덕내음새 풍기우는 곳에 山楂나무
힌구름이 쉬여가는 수리벼랑을 눈앞에 우러러

힌 旗빨 한폭.
끄을려 가는 한마리 살진 송아지
고개숙이고 따라가는 마을사람들은
마치 葬列처럼---

구비 구비 외솔길 고개턱에 닿을무렵
숲속에서는 뻐꾹새 뻐꾹 뻐꾹 슬피 울고 있었다.

(一九四五年 六月 於多壽山房)

病든 構圖

(『批判』, 1940.1.)

그날밤의 記憶은 풀은 씩낼이다
弔服을 쓰고 夜霧속으로 숨은 네의슬푼 微笑다.

그로부터 나는 기우러지는 弦月을 가젓노니
强한苦盃를 盞가득 부어노코간 네의힌손
밤이면 쓸쓸이 瞑目하여 본다
카나리아 너는 언제 子音업는 노래를 停止하겟느냐?

들窓에 氾濫하는것은 머언 記憶의 紅酒다
이밤 나의室內에 빨간 츄립은 어인諧謔이뇨?
闇中을 摸索하면 떠올으는 絶望의 碑文--
차디찬 距里를 나의 位置에두며
造花와 都府의들窓. 어두운 構圖속에 病든다.

眞實을 虛構로 僞善하는 層層階의 論理
지금은 自嘲도 지첫다
歪曲된 思索의 憤怒도 病들다
담배를 피여물고

葬地를 머언 異域으로 選擇하여 보노니

法規의 피에로.
오오 室內의 靜寂이 끝업시 무서웁다
너는또 붉은 鄕愁를불으라 하느뇨? 디오니쑈쓰.

                              -己卯 여름.

林檎園의 午後

(『斷層』, 第四冊, 博文書館, 1940.6.)

붉은 庭園은 풀은 天井을 이고
바다가에서는 少年이 白馬를 戲弄하고

바람이 풀피리를 불며 散策하는데 거울속에서는 붉은 裸像의女人이
午睡를 滿喫하고 있다.

내가 좋아하는 氷酸의 味覺이 어느 헤바닥에 구으느뇨? 疏林사이로
기일게 뻗친 흰손手巾이 머언 記憶을 실고 櫓를 저어 櫓를 저어 찾어온다.
바다 가까운 果樹園의 戀愛를 검은 思索으로 덮든 그날의構圖.

웃는 草字의 얼골
端雅한 楷書의 모습

어느 가을날 붉은 만도링있는 海邊의 風景과 함께
온하로 그려놓은 少年의落書를 물결이 싫어갔다.

길손은 祖國의 한울이 나려덮이는 船室의圓窓에서 밤마다 時計盤과
地圖를 드려다 보았고 園丁은 길손이 돌아오면 붉게 爛熟한 열매 열매를
고이려 하였는데…… 오오 네의 풀은잎새는 네의 엷은 歎息이었드뇨? 붉

은 肉體가 젖어드는밤, 길손이 오기前 讀本의試饌은 물결소리 유달리 처량
한밤 바다가였다.

　　지금 少年은 少年이 않이다.
　　언덕을 背景하고 少女들은 陳列되는데
　　林檎園의 午後에 돌아온 길손은
　　異國製 담배를 피우며 木馬의 表情을 짓고 있다.

馬

(『斷層』, 第四冊, 博文書館, 1940.6.)

1

내가魚族이되여보풀은여름밤을헤염칠때나는네의華美를슬퍼할줄을
모르는나를슬퍼하였다너는네皮膚를欺瞞하며네의肝線을異國産品으로封
鎖하나네가먹는冷性飼料는花瓣과같은高熱을낮출수는있을망정레-쓰실같
은네의血管을속일수는없다密生한羊齒類植物의불타올르는意慾. 너는버얼
서휘파람부는魚族일수는없다

2

날맑은날너는雨傘을들고채송花핀꽃밭을걸으며침묵한것은네의四葉
클로버를슬퍼함이냐네의裝飾한뒷발통이클로버의軟한잎새잎새를문질으
며移動될때슈미-즈와바요렛뜨레스를입은젊은馬네의얼골은魚族을닮으려
하나네의옷고롬엔家具가記錄되였다너는네의四葉클로버의풀은血痕을디
오니쇼스의思想이라하느뇨?

3

네가林間호텔의花崗石베란다에앉어꿈꾸는비이너쓰를조잘거릴때다
리와다리속으로보이는달과驢馬의컴포지숀아카시아花香이昇華할려는네
의脂粉을侮蔑하는밤樹木이흔들릴때마다움직이는縞馬.머얼리구부러진외

로운아베뉴를걸어도네의기다리는思想은누어있지않었고네의뿌론드속에
선誇張된종다리도울지않었다.

4

달빛속에너를두고달빛속을旅行할때너는달빛보다시원한여름밤을가
졌었다해가우리의思想을忘却한너는밤과낮을꺾우로사는動物.칼피쓰를빠
는네주둥이와수박의붉은살을깨무는힌이빨을너는보았니?한오리두오리天
井에올을사이도없이파잎의구룸은흐터지고흐터지고芭蕉의설음음을同情
하는너는그實芭蕉보다슬프다

(뮤-즈여椅子와芭蕉잎사이에넘어진저馬의慾望은누구의것이뇨)

葬列

(『在滿朝鮮詩人集』延吉. 藝文堂. 1942.)

原始的인 風樂소리가 흘러가고 素服한 여인이 늣기며 지나가고
갓가운 記憶도 머얼리 黃昏처럼 떠올으고
枯木과 驢馬와 말과 造花의 晚饌 기인 行列이 흐느길때
나는 나의 位置를 슬퍼하고있었다.

獸神

(『만선일보』, 1942.2.14.)

계집은 疲困하엿습니다
허면서도 오라고 손질을 합니다

公園路의 午後에도 꼿은 업섯습니다
바다ㅅ가에도
南쪽으로 쏠린 들窓 넘어도

계집을 할는 꿥性을 배웟습니다
金曜日의 밤
계집은 勿論 女人은 안입니다.

붉은 '우크레레' 風景과

어두운 寢臺의 華麗한 精神과
말이 업고 나도 默하고
개와가치 즐길줄만 아는것입니다

室內

(『만선일보』, 1942.2.14.)

파아란 煙環 속엔 天使가 산다
天使는 憂愁를 宿命진엿다

오늘밤도 말업이
나의 室內로 조용히 天使를 불러들이다.

天井으로 올으는 煙氣는 외로운 憂愁의 舞라한다.

회오리 落葉도 안인
휘파람도 안인
天井과 벗하는 쓸쓸한 思想이라 한다.

가슴을 쿡쿡 쑤신다 오란다卓上時計
손을 드니 열손가락이 透明타

고양이도 안산다 花盆도 업다
외롭지도 안을련다 울지도 안을련다

室內

우리 슬픈 天使는 숨소리 하나업는 室內만이 조타한다.

-庚辰 11월.[2]

---

2   『斷層』第四冊(박문서관. 1940)에도 「室內」라는 작품이 있다. 그러나 두 작품이 제목은 같으
    나 다른 시다. '古風한 椅子가 한 臺/庭園에는 달빛이 氾濫허고..//네얼골이 湖面위에 떠
    오를때면/쏘-다수의 섦음을 깔아앉는다. 달빛이 찬 밤…(이하 생략).

카페 - 미쓰 朝鮮記

(『만선일보』, 1942.2.15.)

    너는 물쓰럼이 天井을 바라보며 뜻물을 微笑를 짓고 잇섯고 水族館은 煙氣의 習性으로 저저들고 부풀고 피어올으고 잇섯다. 네의 衣裳이 忘却한네의 일홈을 슬퍼함을 너는 僞善할수업다.네의 옷고름에 家具와 白x이 깃드리기前 네의 "쌀론드"속에서는 煙氣에 醉한 종달새가 포득거리며 x天의 意慾에 불타고잇스나 너는 영영 煙氣에 窒息한 한마리 아름다운 金붕어 그러나 너는 불상한 네의 宿命을 美化할줄도 몰으고 觀念할줄도 몰으고 醜한 化粧으로 珊瑚를 代身하려하니 슬프다 琉璃窓은 흐려서 琉璃窓은 흐려서 窓박은 주룩주룩 밤ㅅ비쩔어지는데 술盞을든 네의 白手가 유달리히고 여윈것은 내가 xx이 담배를 피우는 탓이엇다.

카페 '미스 조선'에서

(숭실대『金朝奎詩集』, 1996.·연변대『김조규시전집』, 2002.)

　너는 '모나리자'의 알 수 없는 미소로 나를 끌어당기고 있었고 불타
는 水族館은 毒草煙氣에 취하여 흔들리고 있는데 나는 나라 잃은 젊은이
의 설움과 버림받은 나의 인생을 슬퍼하며 술상을 마주하고 있었다. 너의
양 길손 흰 저고리와 다홍치마는 '하나꼬'라는 낯선 異邦 이름과 조화되지
않았으니 너의 검은 머리채 속에는 네가 잃어버린 것 그러나 잊을 수 없는
모든 것이 그대로 숨쉬고 있는 것이 아니냐? 어머니의 자장가와 네가 뜯던
봄나물과 흙냄새, 처마 밑의 지지배배 제비둥지, 밭머리의 돌각담, 아침저
녁 물동이에 넘쳐나던 물방울과 싸리비자 담모퉁이 두엄무지, 처마 끝의
빨간 고추, 배추쌈의 된장 맛…그리고 그리고 한마디 물음에도 빨개지던
네 얼골을 후려갈기던 집달리의 욕설, 끌려가던 돼지의 悲鳴, 아버지의 긴
한숨과 어머니의 통곡소리…아아 채 여물지도 못한 비둘기 할딱이는 네
젖가슴을 우악스런 검은 손에 내맡기고 너의 貞操를 동전 몇 닢으로 희롱
해도 너는 울지도 반항도 못하고 있고나.
　술상 건너 깨어지는 유리잔과 정력의 浪費와 난폭한 辱說, 순간에서
永遠한 快樂을 찾는 歡樂의 一大狂亂 속에서 시드는 너의 청춘을 구제할
생각도 없이 웃음과 애교로 生存을 구걸하고 있으니 슬프다 유리창은 어
둡고 밤은 깊어가고 거리에는 궂은비 주룩주룩 서럽게 내리는데 "누나가
보고 싶어 누나가 보고 싶어" 네 어린 동생의 영양실조의 눈동자가 창문에

매달려 들여다보는데도 너는 등을 돌려대고 내게 술잔을 권하고 있으니

아아 버림받은 인생은 내가 아니라 '하나꼬' 너였고나. '미쓰 조선' 너엿고나.

1940.10. 도문에서 소설가 현경준을 만나. (발표지 미상)

가야금에 붙이어

(숭실대, 『金朝奎詩集』, 1996.·연변대, 『김조규시전집』, 2002.)

이 거리의 등불꺼진 창문과 함께
너도 슬픈 오늘의 심정이냐?
가야금!

산 하나 없다
둘러보아야 그름 덮인 地平線
슬픈 葬列처럼 黃昏이 흐느낀다.
저녁이 되어도 눈 못 뜨는 창문 안에서
가야금의 줄만 고르는 마음….

가야금아
전해오는 이 땅의 슬픈 역사
오늘에 울리어 줄을 튕기느냐?
나라 망하니 가야산 깊은 산 속에서
마디마디 울리던 애연한 가락

울면서 타는 소리냐?

타면서 우는 마음이냐?

그 소리에 움직여
집집마다 소리 없이 창문을 열고
그 가락에 취하여
길 가던 젊은이들 발길 멈추네

여인아
불러도 오지 못할 옛 기억보다도
저녁이면 등잔에 심지 돋구고
사람들 불러 열두 줄 퉁겨야 한다.

자라서도 그리운
어머니의 자장노래
잃었기에 찾아야할
조국의 노래란다

밤새 흐느끼려느냐? 가야금
울지 말고 가거라 저기 산으로,
조종의 슬기가 밀림에서 꽃이 핀다.

가야금 겨레의 마음
아픈 상처 감싸주는
어머니 손길이여
이 밤이 지새도록 퉁기고 퉁기여라

그 소리에 실려 새벽이 찾아오리

어둠을 타고 앉아 노을이 비치오리

-1940.3- 『在滿朝鮮詩人集』

胡弓

(『만선일보』, 1942.2.16.·『재만조선시인집』, 延吉, 예문당, 1942.)

胡弓
어두운 늬의들窓과 함께 영 슬프다

山하나 업다. 둘러보아야 기인地平線
슬픈 葬列처럼 黃昏이 흐느낀다.
저녁이 되어도 눈을 못쓰는 이마을의 들窓과
胡弓의 줄만 골으는 瞑目한 이마을의 思想과

胡弓
아픈 전설의 마디 마디 불상한曲調
기집애야 웨 등잔을 고일줄몰으느뇨?
늬노래 듯고 어둠이 점점 걸어오는데 오호

胡弓 어두운 들窓을 그리는 記憶보다도
저녁이면 燈불을 밧드는 風俗을 배워야 한다.

어머니의 자장노래란다.
잃어버린 南方에의 鄕愁란다

밤새 늣길려느뇨? 胡弓

(저기 山으로 가거라 바다로 나려라 黃河로 나려라)

어두운 늬의들窓과 함세 영 슬프다. (舊稿)

仙人掌

(『春秋』, 1941.11.)

샤보뎅

빗방울 소리난다

샤보뎅속엔 어린 鄕愁가 산다

鳥籠속 보리밭이 머얼듯

샤보뎅의 鄕愁는 머얼다

한낮에도 꿈을 사랑하여

샤보뎅은 그저 외롭단다

年齡을 헤이며 한층더 외롭단다

꽃피면 꿈을 잃는---

그러기에 남모을래 피는 샤보뎅의꽃은 남모을래 잃은

샤보뎅의 꿈이란다.

샤보뎅

午后의 샤보뎅은 불상도 하다. -(辛巳八月)-

病記의 一節

(『만선일보』, 1942.2.19.)

寂寞한 들을 건너포풀라길에 여름이오면 외로움 보다도 무서움이 압서는 墓地갓가운 언덕아래 사는 賢이 도라갈줄을 몰은다 지금 黃昏이 지터 거리거리 지붕들은 부-현 布帳을 쓰고조고만 들窓들이 눈을 뜨기비롯하는데도 賢은 黙하여안저잇다

깁흔 湖水와 가튼 눈瞳子가 衰殘한나를 지키며 沈黙함은 슬퍼서 아니요 외로워서도 아니요 그저 괴로움을 논우고 시퍼서란다 그러지 못할진 댄 고요히 자는 얼골만이라도 지키고 시퍼서란다 사*이 그윽이 크고 기플사록 여윈 나는 슬프다

(오오 머언 市外路에 人跡이 끈허지기 前

빨리 당신은 歸路에 올으세요

기인 鋪道에'슬리퍼-소리 조심이 돌아간 후도

아예 나는 외로워 안흘태여니…黃昏, 黃昏).「新春集(完)」

밤의 倫理

(『만선일보』, 1942.2.19.)

술을 불으고 돌아오는 밤은
노상 히틀러-의 時間도 가진다

와-샤 검은 薔薇송이를 쑤려라
꽂다발과 노래와 춤의饗宴

充血된 나의욕망은 피곤을 이즐수도 잇다
밤하늘이너무 푸르고 맑어서

슬픈 마음이기에
웃을줄을 안단다

그러기에 나는 오늘밤을 幸福할련다
華麗한 밤의倫理로 잠시 幸福할련다

어두운 精神 - 마음의 門을 열다[3]

(『만선일보』, 1940.11.19.)

당신의 友人으로서 어떤사람은 당신을非難하고 어떤사람은 당신을 賞讚할 것이다. 당신은 나쁘게 말하는者에게接近하고 賞讚을하는者로부터 멀리하는것이조타

(탈무-드)

十月十五日

每日가티 繼續되는 풀은한울 풀은한울속에는 풀은마음이 잇고 풀은 마음속에는 풀은思想이 깃들어야한다. 풀은한울일에 전일 어두운思想이 란하나의悲劇이다.

…(중략)…

十月二十五日

아직 解決못된 學校內의異變事그것은 賢明하고明晳한優等生의머리 에서 비저진것이안이요 愚鈍하고無骨한 低能兒의머리에서나왔다.

---

3   「어두운 精神」은 김조규가 조양천농업학교 교사로 근무할 때의 '일기'로 판단된다.

"바-바리즘"에 對한抗拒 學園에서 "반달"族을 追放하라訓戒의 國境
을넘어선 "사-디즘의排擊 "바-바리즘의 敎育的解釋을몰으는나는 그러기
에 "페스탈롯치"는 안이다. "페스탈롯치"가 되려고도안한다. 그러므로나는
勤實하고홀륭한先生이안이요게으른知識勞動者다내가學生에게가르칠것
이무엇인다? "알파벳"과簡單한綴字박게내가무엇을말할것인가? 動物의
그것과 僞善할수업는四百餘의머리 긴머리 둥근머리 南北머리 넙적머리
찌그러진머리 길쭉머리 빈대머리 머리

　　그리고 빗나는 八百餘의눈瞳子 눈瞳子 나에게 가르쳐주기를말하는
마음과 마음 그러라 諸君에게할말은 至極히만타 그러나 또한 한마디도업
다.

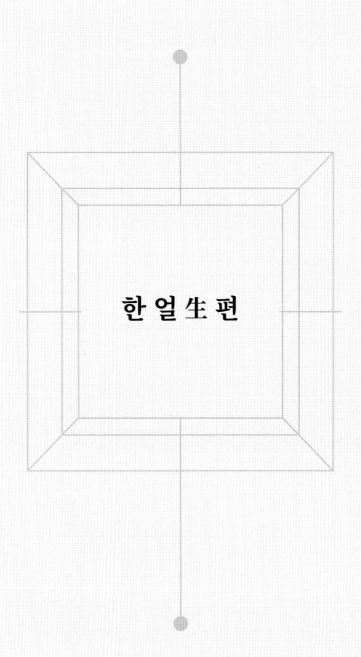

한얼生편

孤獨

(『만선일보』, 1940.7.14.)

나는 孤獨과 나라니 걸어간다
희파람 호이 호이 불며
郊外로 풀밧길의 이슬을 찬다

문득 녯일이 生覺키움은 —
그 時節이 조앗젓슴이라
뒷山 솔밧속에 늙은 무덤하나
밤마다 우리를 맛어 주엇지 안엇더냐!

그째 우리는 單 한번도
무덤속에 무엇이 무처는가를 알라고 해본적도 늦겨 본적도 업섯다
썩갈나무 숩에서 부헝이가 울어도 겁나지 안엇다

그무렵 나는 人生의 第一課를 질겁고 幸福한 것으로 배윗섯다
나는 孤獨과 나라니 걸어간다
하늘 놉히 短杖 홰홰 내두르며
郊外 풀밧길의 이슬을 찬다

그 날밤

星座도 곱거니와 개고리소리 유난유난 하엿다

우리는 아모런 警戒도 必要업시 金모래 구르는 淸流水에 몸을 담것다

별안간 雷聲霹靂이 울부짓고 번개불이 어둠을 채질햇다

다음 瞬間 나는 내가 몸에 피를 흘리며 發惡햇던것을 깨달엇고

내 周圍에서모든것이서 써나려 갓슴을 알앗다

그째 나는 人生의 第二課를 슬픔과 孤寂과 哀愁를 배웟나니

나는 孤獨과 나라니 걸어간다

旗ㅅ폭이냥 옷자락 펄펄 날리며

郊外 풀밧길의 이슬을 찬다

絡絲娘의 잣는 실 가늘게 가늘게 풀린다

무엇이 나를 寂寞의 바다 한가온대로 써박지른다

나는 속절업시 부서진 배(船)쪼각인가?

나는 대고 밀린다

寂寞의 바다 그ㅅ트로

나는 바다ㅅ가 沙場으로 밀여 밀여 나가는조개 셉질인가?

오! 하늘가에 홀로 팔장세고 우-쭉선 저-거므리는 그림자여……

高麗墓子(째우리무-스)

(『만선일보』, 1940.8.7.)

옛님이 지나신 발자취 그 누가 알랴 속비인 古木 너는 아느냐
째째로 너를 처저와
쉬어가고 울다가는 저-郭公이나 아는가?
(째우리무-스 째우리무-스 네 이름만이남엇다)

비 바람 모질고
흘러간 歲月의 물결 거칠어윗슴을알네라
髑髏들이 코 골든
씍집(墓)마저 살아젓스니
무엇이 이 뒤의 빈터를 마트리?
(째우리무-스 째우리무-스 네 이름만이남엇다)

分明 님 이곳에서
저믈도록 씨 너흐시다
그리다 이곳 변죽을 億萬年 두고 직히리
자랑스리운 歷史의 旗幟 꼽어두고
스스로 씍집속에 몸을 숨기신지 그몃해?
(째우리무-스 째우리무-스 네 이름만이남엇다)

雪衣

(『만선일보』, 1940.7.24.)

雪衣는
邪念업는 꼿입피런가?
오직 神仙이 사는 東方에서만 피고
그 젊은 女人은 달을 부스릴만큼 玲瓏한
眞珠알을 품은 이바다가 가장 애끼여마지안는 貝類로다
眞紅錦帛 발가득 펴 울장에 너는 한女人이 잇도다

그는 元來 우리와 種族이 다르냐?
그의 마음은 언제나 손에 든 비단빗처럼 활활타며잇지만
그의 넉슨 녹지도 變치도 안는 雪色의 鑛物質이로다

짐짓 그의 등뒤에 심지를 불킨 도두고
華美한 女心을 산넘어로 훔처보는 太陽의 戀情을 나는 同情해도 좃
타.

아짜시야

(『만선일보』, 1940.11.21.)

　　서리에 傷해 떨어진 제 입사귀로 발치를 뭇고 쉴새 업시 찬바람을
吐해내는 蒼空과마주처 죽은 듯이 우쭉 선 아짜시야

　　아무런 假飾도 虛勢도 쑤미지안은 검은몸이로다. 그러나 몸에긋거
니 武裝하기를 게을리아니하고 가슴패기 노란 누룸치기 몃마리 날러와
가지에 머므르고 少女갓흔 맵시로 哀憐한 목소리 내여 찍-찍- 울지만그
는 오직 바위갓치 鈍感하다.

　　旣往 萬年을 足히살어왔고

　　將次 億年을!

　　將次 億年을 더살리라는 듯

　　둔덕위의 錚錚한 아짜시야 한그루 時空을 헤집고 그 한복판에 서
서 生과 歷史를오늘도

　　어제도 諦念하다

한얼노래(神歌)

(곡조 『한얼노래』(神歌), 大倧敎 總本司, 滿洲國 牡丹江省, 1942.)

어아 어아 우리 한배검 가마고 이 배달나라 우리들이 골 잘 해로 잊
지 마세

어아 어아 차 맘은 활이 되고 거 맘은 설데로다

우리 골잘 사람 활줄 같이 바른 마음 곧은 살같이 한맘 이에

어아 어아 우리 골잘 사람 한 활터에 무리실데

마버리아 한김 같은 차 마음에 눈방울이 거맘이라

어아어아 우리 골잘 사람 활 같이 굳센 마음 배달나라 빛이로다

골 잘 해로 가마고 이 우리 한배검 우리 한배검.[1]

---

1   곡조 『한얼노래』(神歌).大倧敎 總本司. 滿洲國 牡丹江省 寧安縣 東京城 街東區 第十九牌 三
    號 康德 九年. 開天 4399년. 개천 4399년(2333년+124년+1942)는 서기 1942년이다.

開天歌

(곡조『한얼노래』(神歌), 大倧教 總本司, 滿洲國 牡丹江省, 1942.)

온 누리 캄캄한 속 잘-= 가지 늦 목숨 없더니
　한 새벽 빛 볼 그 레일며 환히 열린다 모두 살도다 웃는다
　한배 한배 한-배 우리 한배시니 빛과 목숨의 임이시로다.

늘 흰메 빛구름 속 한--울 노래 울어나도다
고운 아기 맑은 소리로 높이 부른다. 별이 받도다 웃는다.
한배 한배 한-배 우리 한배시니 빛과 목숨의 임이시로다.

곡 조 『한얼노래』 '머리ㅅ말'

(『한얼노래』(神歌), 大倧教 總本司 滿洲國 牡丹江省, 康德 九年, 개천 4399 년, 서기 1942년.)

한얼 노래는 대종교의 정신을 나타내어, 믿는 마음을 굳게 하며 사는 기운을 펴게 하는 거룩하고 아름다운 노래다. 이 노래는 원로와 함께 믿는 이에게 큰 힘과 기쁨을 주는 것이다. 한얼 노래는 돌아가신 스승님들이 지으신 것을 본을 받아, 새로 스물 일곱장을 더 지어 보태어, 번호를 매지 아니한 얼노래 한 장을 빼고, 모두 설흔 여섯장으로 되었다. 이것으로도 신앙과 수양과 예식에 관한 여러 가지 노래가 다 갖추어 있다. 노래 곡조는 조선의 작곡가로 이름이 높은 여덟분의 노력으로써 이루어진 것이다. 진실로 그 예술의 값은 부르는 이나 듣는이의 마음의 거문고를 울리어 기쁘고 엄숙하고 원대한 느낌을 준다.

개천 4399년 3월 3일. 이극로.

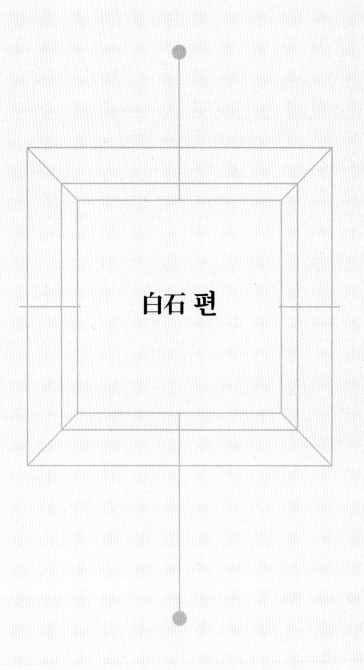

白石 편

흰 바람벽이 있어

(『문장』, 1941.4.)

오늘 저녁 이 좁다란 방의 흰 바람벽에

어쩐지 쓸쓸한 것만이 오고간다

이 흰 바람벽에

히미한 十五 燭 전등이 지치운 불빛을 내어던지고

때글은 다 낡은 무명 샷쯔가 어두운 그림자를 쉬이고

그리고 또 달디단 따끈한 감주나 한잔 먹고 싶다고 생각하는 내 가지

가지 외로운 생각이 헤매인다.

그런데 이것은 또 어인일인가

이 흰 바람벽에

내 가난한 늙은 어머니가 있다.

내 가난한 늙은 어머니가

이렇게 시퍼러둥둥하니 추운 날인데 차디찬 물에 손은 담그고 무이

며 배추를 씻고 있다.

또 내 사랑하는 사람이 있다

내 사랑하는 어여쁜 사람이

어늬 먼 앞대 조용한 개포가의 나지막한 집에서

그의 지아비와 마조 앉어 대구국을 끓여 놓고 저녁을 먹는다

벌서 어린것도 생겨서 옆에 끼고 저녁을 먹는다

그런데 또 이즈막하야 어늬 사이엔가

이 흰 바람벽엔

내 쓸쓸한 얼골을 쳐다보며

이러한 글자들이 지나간다

　　--나는 이 세상에서 가난하고 외롭고 높고 쓸쓸하니 살어가도록
태어났다

　　그리고 이 세상을 살어가는데

　　내 가슴은 너무도 많이 뜨거운 것으로 호젓한 것으로 사랑으
로 슬픔으로 가득찬다

그리고 이번에는 나를 위로하는 듯이 나를 울력하는 듯이

눈질을 하며 주먹질을 하며 이런 글자들이 지나간다

　　--하눌이 이 세상을 내일 적에 그가 가장 귀해하고 사랑하는 것
들은 모두

　　가난하고 외롭고 높고 쓸쓸하니 그리고 언제나 넘치는 사랑과
슬픔 속에 살도록 만드신 것이다

　　초생달과 바구지꽃과 짝새와 당나귀가 그러하듯이

　　그리고 또 '프랑시스 · 쨈'과 陶淵明과 '라이넬 · 마리아 · 릴케'가
그러하듯이

ふるさとの家の壁

(田中冬二, 『青い夜道』, 第一書房, 1929.)

ふるさとの家の壁

すすけた壁----

廚のあかりとりを下りた光りが

魚のかたちとなつてきえる

ふるさとは刈麥の匂ふ頃

そしてまたそろそろ氷水をの頃である

ふるさとの家の壁

石班魚に似た魚の

いまもつめたくはしるか

ふるさとの家の廚の壁

「ふるさとの家の壁」전문[1]

---

1   田中冬二, 「ふるさとの家の壁」『青い夜道』(第一書房.1929. 東京), 52~53쪽

고향집의 벽

고향집의 벽

때가 묻어 검은 바람벽

부엌의 등잔에서 내려 온 빛이

물고기 모양이 되어 사라진다

고향은 보리 냄새가 날 무렵

그리고 이제 곧 빙수를 마실 무렵이다.

고향집의 벽

송어를 닮을 물고기가

지금도 차갑게 달릴까

「고향의 집의 벽」(번역:오양호)

南新義州 柳洞 朴時逢 方

(『학풍』 창간호, 1948.10.)

어느 사이에 나는 아내도 없고 또,

아내와 같이 살던 집도 없어지고

그리고 살뜰한 부모며 동생들과도 멀리 떨어져서,

그 어느 바람 센 쓸쓸한 거리 끝에 헤매었다

바로 날도 저물어서.

바람은 더욱 세게 불고, 추위는 점점 더해 오는데,

나는 어느 목수네 집 헌 삿을 깐,

한 방에 들어서 쥔을 붙이었다.

이리하여 나는 이 습내 나는 춥고, 누긋한 방에서,

낮이나 밤이나 나는 나 혼자도 너무 많은 것같이 생각하며,

딜웅배기에 북덕불이라도 담겨 오면,

이것을 안고 손을 쬐며 재 우에 뜻 없이 글자도 쓰기도 하며,

또 문밖에 나가지도 않고 자리에 누워서,

머리에 손깍지베개를 하고 굴기도 하면서,

나는 내 슬픔이며 어리석음이며를 소처럼 연하여 새김질하는 것이었다.

내 가슴이 꽉 메어 올 적이며

내 눈에 뜨거운 것이 핑 괴일 적이며,

또 내 스스로 화끈 낯이 붉도록 부끄러울 적이며,

나는 내 슬픔과 어리석음에 눌리어 죽을 수밖에 없는 것을 느끼는 것
이었다.

그러나 잠시 뒤에 나는 고개를 들어,

허연 문창을 바라보다가 또 눈을 떠서 높은 천장을 쳐다보는 것인데,

이때 나는 내 뜻이며 힘으로, 나를 이끌어 가는 것이 힘든 일인 것을
생각하고,

이것들보다 더 크고, 높은 것이 있어서, 나를 마음대로 굴러가는 것
을 생각하는 것인데,

이렇게 하여 여러 날이 지나는 동안에,

내 어지러운 마음에는 슬픔이며, 한탄이며, 가라앉을 것은 차츰 앙금
이 되어 가라앉고

외로운 생각만이 드는 때쯤 해서는

더러 나줏손에 쌀랑쌀랑 싸락눈이 와서 문창을 치기도하는 때도 있
는데,

나는 이런 저녁에는 화로를 더욱 다가끼며, 무릎을 꿇어보며,

어니 먼 산 뒷 옆에 바우 섶에 따로 외로이 서서,

어두어 오는데 하이야니 눈을 맞을, 그 마른 잎새에는,

쌀랑쌀랑 소리도 나며 눈을 맞을

그 드물다는 곧고 정한 갈매나무라는 나무를 생각하는 것이었다.

かしはの葉をさげた家

(田中冬二,『青い夜道』, 第一書房, 東京, 1929.)

(かしはの葉を一枚一枚せんねんにそろへ

その何枚もかさねたのを

わらにてくくり)

夜になり洋燈をともすと

かしはの葉はだきあつて泣いてゐる

そしてすこしの風に

かれらはみんなかさかさとささやさ

家中いつぱいかしはのにほひとなる

かしはの葉は山をこひしかつてゐる

をりから障子にうすく月のさせば

なにかしら山からかれらのともだちでもくる

やうな氣がする

　　　　　　　奥相模の村にて

　　　　　　　　　「かしはの葉をさげた家」 전문[2]

밤이 되어서 초롱(洋燈)을 켜면

2　田中冬二,「かしはの葉をさげた家」『青い夜道』(第一書房.1929. 東京). 186~187쪽.

떡갈나무 잎들은 서로 껴안고 울음을 운다

그리고 약한 바람에도

그들은 모두 소근 소근 속삭여

집안은 떡갈나무의 향기로 가득 채운다.

떡갈나무 잎은 산을 그리워한다.

마침 미닫이에 옅은 달빛이 찾아들면

왠지 산에서 그들의 친구가 찾아올 듯도 하다.

「떡갈나무 잎을 아는 집」 (번역; 오양호)

固城街道

(『조선일보』, 1936.3.7.)

고성장 가는 길
해는 둥둥 놉고

개한아 얼린하지 않는 마을은
해발은 마당귀에 맷방석하나
붉아코 노락코
눈이 시울은 곱기도한 건반밥
아 진달래
개나리 한창퓌엿구나

가까이 잔치가 잇서서
곱디고흔 건반밥을 말리우는 마을은
얼마나 즐거운 마을인가

어쩐지 당홍치마 노란 저고리 입은 새악시들이
웃고 살은 것만가튼 마을이다.

野麥街道

(田中冬二,『青い夜道』, 第一書房, 東京, 1929.)

日さかりを
しろい障子をたてつめ みんな野良や山へでた大さな家
艾にするょもざを軒にさげた家
筧の水があふれ されいな虹をつくり
いんげん豆の花に黃蜂が三つ四つとんでゐる
麻畑の中 仔馬とゐる雪袴の娘ょ
野麥街道は山で啄木鳥のあの橡量りのきこえるしづけさだ

「野麥街道」 전문[3]

쨍쨍한 대낮인데
하얀 장지문을 달아걸고 다들 들과 산으로 나간 큼직한 집
약으로 쓸 쑥을 처마에 걸어놓은 집
홈통의 물이 넘쳐 아롱진 무지개를 이루고
강낭콩 꽃에 노랑벌 서너 마리 날고 있다.
삼 밭 속 망아지와 함께 있는 겨울치마의 소녀여
노무기가도는 산에서 딱다구리가 도토리를 저울질하는 소리가 들려
오는 정적이다

「野麥街道」(번역: 오양호)

---

3   田中冬二. 「野麥街道」『青い夜道』(第一書房.1929. 東京). 116~117쪽.

歸農
(『조광』, 1941.4.)

白狗屯의 눈 녹이는 밭가운데 땅풀리는 밭가운데
촌부자 老王하고 같이 서서
밭최둑에 즘부러진 땅버들의 버들개지 피여나는데서
볕은 장글장글 따사롭고 바람은 솔솔 보드라운데
나는 땅임자 老王한테 석상디기 밭을 얻는다.

老王은 집에 말과 나귀며 오리에 닭도 우울거리고
고방엔 그득히 감자에 콩곡석도 들여 쌓이고
노왕은 채매도 힘이 들고 하루종일 百鈴鳥 소리나 들으려고
밭을 오늘 나한테 주는 것이고.
나는 이젠 귀치않은 測量도 文書도 실증이 나고
낮에는 마음놓고 낮잠도 한잠 자고 싶어서.
아전노릇을 그만두고 밭을 老王한테 얻는 것이다.

날은 챙챙 좋기도 좋은데
눈도 녹으며 술렁거리고 버들도 잎트며 수선거리고
저한쪽 마을에는 마돗에 닭개즘생도 들떠들고
또 아이어른 행길에 뜰악에 사람도 웅성웅성 흥성거려
나는 가슴이 이무슨흥에 벅차오며

이봄에는 이밭에 감자 강냉이 수박에 오이며 당콩에 마눌과 파도 심
그리라 생각한다.

　　수박이 열면 수박을 먹으며 팔며
　　감자가 앉으면 감자를 먹으며 팔며
　　까막까치나 두더쥐 돗벌기가 와서 먹으면 먹는대로 두어두고
　　도적이 조금 걷어가도 걷어가는대로 두어두고
　　아, 老王, 나는 이렇게 생각하노라
　　나는 老王을 보고 웃어 말한다.

　　이리하여 老王은 밭을 주어 마음이 한가하고
　　나는 밭을 얻어 마음이 편안하고
　　디퍽디퍽 눈을 밟으며 터벅터벅 흙도 덮으며
　　사물사물 햇볕은 목덜미에 간지로워서
　　老王은 팔짱을 끼고 이랑을 걸어
　　나는 뒤짐을 지고 고랑을 걸어
　　밭을 나와 밭뚝을 돌아 도랑을 건너 행길을 돌아
　　집웅에 바람벽에 울바주에 볕살 쇠리쇠리한 마을을 가르치며
　　老王은 나귀를 타고 앞에 가고
　　나는 노새를 타고 뒤에 따르고
　　마을끝 虫王廟에 虫王을 찾어뵈려 가는 길이다
　　土神廟에 土神도 찾어뵈려 가는 길이다.

당나귀

(『每新寫眞旬報』, 1942.8.10.)

날은 맑고 바람은 짜사한 어늬 아츰 날 마을에는 집집이 개가 짓고 행길에는 한 물컨이 아이들이 달리고 이리하야 조용하든 마을은 갑자기 흥성걸이엇다.

이 아츰 마을 어구의 다 낡은 대장간에 그마당귀 까치짓는 마른들메나무 아래 어쩐 길손이 하나 잇섯다. 길손은 긴 귀와 샘언 눈과 쨀분 네다리를 하고 잇서서 조롭하니 신을 신기우고 잇섯다.

조용하니 그 발에 모양이 자못 손바닥과갓흔 검푸른 쇠자박을 대의고잇섯다.

그는 어늬 고장으로부터오는 마을이 하도 조용한 손이든가. 싸리단을 나려노코 갈기에 즉닙새를 날리는 그는 어늬 산골로부터 오는 손이든가. 그는 어늬 먼 산골 가난하나 평안한집 휜 하니 먼동이 터오는 으스스하니 추운 외양간에서 조집페 푸른콩을 삶어먹고 오는길이든가 그는 안개 어린 멀고 가짜운 산과내에 동네방네에 쌕국이소리 닭의소리를 느껴웁게 들으며 오는길이든가.

마른나무에 사지를 동여매이고 그발바닥에 아푼 못을 들여 백씨우면서도 천연하야 움지기지안코 아이들이 돌을 던지고어른들이 비웃음과 욕사설을 퍼부어도 점잔하야 어지러히하지안코 모든것을 다 가엽시 녁이며 모든것을 다 벗어들이며 모든것을 다 허물하거나 탓하지 안흐며 다만 홀로 넓다란 비인 벌판에 잇듯시 쓸쓸하나 그러나 그 마음이 무엇에 넉넉하니 차잇는 이손은 이 아츰 싸리단을 팔어 량식을 사려고 먼 장으로 가는것이엇다.

날은 맑고 바람은 짜사한 이아츰날 길손은 쏘 새로히 욕된 신을 신고 다시 싸리단을 질머지고 예대로 조용히 마을을 나서서 다리를 건너서 벌에서는 종달새도 일쿠고 눕에서는 오리쎄도 날리며 홀로 제쭘과 팔자를 즐기는듯이 쏘 설어하는듯이 그는 타박타박 아즈랑이씬 먼 행길에 작어저 갓다.

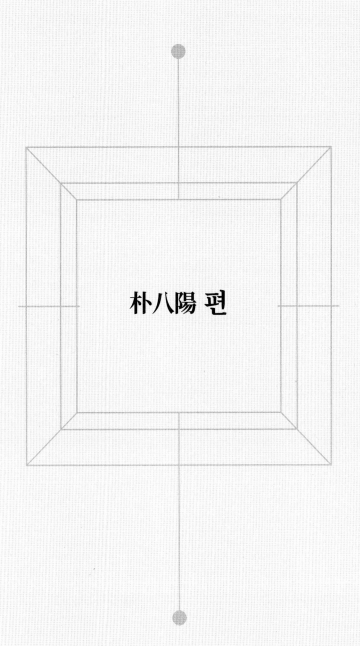

朴八陽 편

仁川港

(『朝鮮之光』, 1928.8.·『麗水詩抄』(博文書舘, 1940.6.)

朝鮮의 西便港口 濟物浦 埠頭.

稅關의 旗는 바닷바람에 퍼덕거린다.

젓빛하늘, 푸른 물결, 湖水내음새

오오, 잊을 수 없는 이 港口의 情景이여

上海로 가는 배가 떠난다.

低音의 汽笛, 그 餘韻을 길게 남기고

流浪과 追放과 亡命의

많은 목숨을 싣고 떠나는 배다.

어제는 Hongkong, 오늘은 Chemulpo, 또 來日은 Yokohama,

世界를 流浪하는 코스모포리탄

帽子 삐딱하게 쓰고, 이 埠頭에 발을 나릴제.

築港 카페에로 부터는

술취한 佛蘭西 水兵의 노래

"오-말쎄이유! 말쎄이유!"

멀리두고 와 잊을 수 없는 故鄕의 노래를 부른다.

朴八陽 편 ——— 233

埠頭에 山같이 쌓인 짐을
이리저리 옮기는 勞働者들
당신네들 故鄕이 어데시오?
'우리는 慶尙道' '우리는 山東省'
對答은 그것뿐으로 足하다.

月尾島와 永宗島 그 사이로
물결을 헤치며 나가는 배의
높디높은 마스트위로 부는 바람,
共同丸의 旗빨이 저렇게 퍼덕거린다.

오오 濟物浦! 濟物浦!
잊을 수 없는 이 港口의 情景이여. -大正十五年

소복닙은 손님이 오시다

(『麗水詩抄』, 博文書舘, 1940.)

나는 아모 말슴도 하고십지 않습니다
이리 꾸미고 저리꾸미는 아름다운 말
그 말의 뒤에 따를 거짓이 싫여서
차라리 나는 아모 말슴도 않하렵니다

또 나에게 지금 무슨 할말슴이 있읍니까
모든것은 나보다도 그대가 더잘아시고
또 모든 것은 하눌땅의 신명이 아시고
그뿐입니다---드릴 말슴이 없습니다

락엽이 헛되히 거리위로 궁그러 가더니
전이나 다름없이 소복닙은손님-겨울이
고독에 우는 나의 들창문을 흔듭니다.
나는 또 헛되히 이밤을 탄식만하고 있습니다

종희우에가 아니라 나는 지금
마음속에 긔록 하고 있습니다
방안에는 무거운 침묵이 떠돌고

거리위에는 지금도 눈보라가 치고 있습니다.

--昭和 十三年

너무도 슬픈 사실 - 봄의 先驅者 진달래를 노래함

(『麗水詩抄』, 博文書舘, 1940.·『學生』, 1930.4.)

날더러 진달래 꽃을 노래하라 하십니까?
이 가난한 詩人더러 그 寂寞하고도 가냘픈 꽃을.
이른 봄, 산골째기에 소문도 없이 피었다가
하루아침 비바람에 속절없이 떨어진 꽃을,
무슨 말로 노래하라 하십니까?

노래하기에는 너무도 슬픈 사실이외다.
百日紅 같이 붉게붉게 피지도 못하는 꽃을,
모진 비바람 만나 흩어지는 가엾은 꽃을,
노래하느니 차라리 부뜰고 울것이외다.

친구께서도 이미 그 꽃을 보셨으리다.
화려한 꽃들이 하나도 피기도 전에
찬바람 오고가는 산허리에 쓸쓸하게 피어있는
봄의 선구자! 연분홍 진달래꽃을 보셨으리다.

진달래꽃은 봄의 先驅者외다
그는 봄의 消息을 먼저 傳하는 豫言者이며

봄의 모양을 먼저 그리는 先驅者외다.
비바람에 속절없이 지는 그 엷은 꽃닢은
先驅者의 不幸한 受難이외다

어찌하야 이 가난한 詩人이
이 같이도 그 꽃을 부뜰고 우는지 아십니까?
그것은 우리들 先驅者들 受難의 모양이
너무도 많이 나의 머릿속에 있는 까닭이외다.

노래하기에는 너무도 슬픈 사실이외다.
百日紅같이 붉게붉게 피지도 못하는 꽃을
국화같이 오래오래 피지도 못하는 꽃을
모진 비바람 만나 흩어지는 가엾은 꽃을
노래하느니 차라리 부뜰고 울것이외다.

그러나 진달래꽃은 오랴는 봄의 모양을 그 머리속에 그리면서
찬바람 오고가는 산허리에서 오히려 웃으며 말할것이외다.
「오래오래 피는것이 꽃이 아니라,
봄철을 먼저 아는것이 정말 꽃이라」고---

--昭和五年

그 누가 저 시냇가에서

(『麗水詩抄』博文書館, 1940.)

그 누가 저 시냇가에서
저렇게 쓸쓸한 휫파람을 붑니까?
그도 아마 나와 같이 근심이 많아
밤하늘 우러러 보며 슬프게 부나봅니다.

그리고 또 저 언덕 우에서는
누가 저렇게 슬픈 노래를 부릅니까?
그도 아마 나와 같이 이 밤이 외로워
이 별 많은 밤이 외로워 우나봅니다.

인생은 진실로 영원한 슬픔의 나그네
포도빛 어둠이 고요히 고요히 밀려 와서
별들이 총총, 하늘 우에 반짝일 때면
외로운 사람들의 슬픈 노래 여기 저기서 들립니다.

                              --昭和 六年

사랑함

(『滿洲詩人集』, 第一協和俱樂部文化部, 吉林市, 1942.)

나는 나를 사랑하며
나와 안해와 자녀들을 사랑하며
나의 부모와 형제와 자매들을 사랑하며
나의 동리와 나의 고향을 사랑하며
거기사는 어른들과 아이들을 사랑하며
나의 일본-조선과 만주를 사랑하며
동양과 서양과 나의 세계를 사랑하며.

그쑨이랴 이모든 것을 길르시는
하누님을 공경하고 사랑하며
그분의쑷으로 일우어지는 인류와 모든생물
사자와 호랑이와 여호와 이리와 너구리와
소, 말, 개, 닭, 그 외의모든 즘생들과
조고마한 새와 버러지들 싸지라도 사랑하며.

그쑨이랴 푸른빗으로 자라나는 식물들과
산과 드을과 물과 돌과 흑과 그외에도
내눈으로 보며 쏘 못보는 모든물건을

한업시 앗기고 사랑하면서 한세상 살고십다.

그들이야 나를 돌아보든말든 그짜짓일 상관말고

내가 사랑아니할수업는 그런-

한을갓치 바다갓치 크고 널분마음으로 살고십다.

-康德九年

季節의 幻想

(『만선일보』, 1941.1.19.·『滿洲詩人集』, 第一協和俱樂部文化部, 吉林市, 1942.)

아츰저녁으로 다니는 나의 거리는
나에게잇서 한 개의 그윽한 密林이외다
沈黙하며 것는 나의무거운 行進속에서
나는 五色의 꿈과 무지개를 봅니다.

白雪이 大同廣場우에 冥想을 발브며
世紀의 驚異속을 나는 移動합니다
康德會館은 正히 中世紀의 城郭
海上「쎌딩」은 陸地우의 巨艦이외다.

「쌔스」는 궁둥이를 뒤흔드는 양도야지쎄
牧者도업시 툴툴거리며 몰려오고가고
「닉게」는 「스마-트」하게 洋裝한 아가씨
「오리지낼」香水 내음새가 물컥 몰려듭니다.

大陸의太陽이 兩便하눌우에 眞紅이 될재
나는재로 超滿員「쌔스」속에 雜木처럼 佇立하야

이나라 男女同胞의 體溫과重量을 堪耐하기도 합니다
窓外에는 建物들이 龍宮처럼 어른거립니다.

季節을타고 靑春이 逃亡간다는것은
「센치맨탈리스트」가 아니라도 歎息할일이지요
어느곳 壁畫에 褪色아니한 丹靑이 잇스릿가만은
罪업는 童心이 久遠의靑春을 꿈꿈니다.

曠野를 航行하는 이 思索하는 雜木이
쌔로는 行者와갓치 素朴한 바위를求하고
쌔로는 奔放한 舞女처럼 多彩와 恍惚을 그리며
沈默과 饒舌속에 헛되이 季節을 送迎합니다.

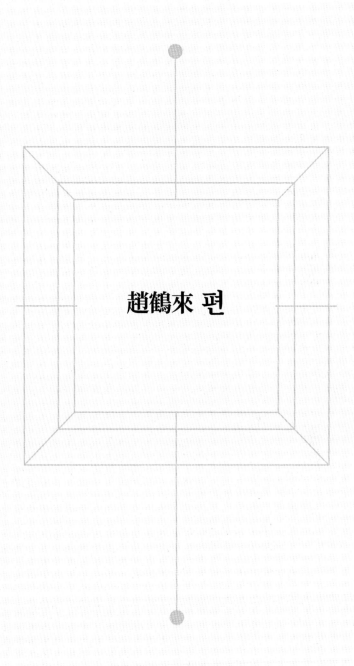

趙鶴來 편

괴로운 詩人의 書

(『만선일보』, 1939.12.2.)

石炭냄새 窒息할짜 두려운 "페-치짜"압
對像이 업는 이 밤은
병아리인양 말 못하는 沈默의 時間이
쌀부면서도 空然한 過去를 불너쌔우련다.

사슬을 찾는가!
묵어운 마음은 支向도 업시.
一萬가지 傷心을 듣추고 듣추고---
밤은 琉璃窓에 비치운낫빗짜지 蒼白하게 하는구나---

孤獨이 彈丸처럼 쏘아오는 겨울의 이 밤
心琴을 울니는 明日의 生活이
넝쿨진 마음에 넝쿨지우나니
옛날은 그 무엇이엿쓰며
이제 쏘 未來는 무엇이던가?

밤은 이미 子正을 넘어
쏘다시 새로운 "스테일"의 彫刻에 숨갓쑤거니

한토막 짧분 睡眠도 그리운 墓穴같은 이밤을!

머리맛 쪼각종히에

아! 返逆이만흔 歷史의記錄이 비참쿠나.

十一月 十二日 밤

心紋

바람에 불리워서 바람에 불리워서

아모런 나무가지에라도 안저보앗스면 좃켓다.

다갈색 나무叉点에 안저서

비마즌 가마귀갓치 떨지라도

落葉만 지지 말엇스면 좃켓다.

그리면 나는 이季節에 勝利를 되는대로 宣傳하며

입이 아푸도록 휘파람이라도 불겟다.

그러나 그쌔나는 勝利한 騎士의 誇張한心理가 아니어도 좃타.

無智한 物體라도 좃타.

光明이 멀어지면 그저 검은 存在요

光明이 밀려들면 스산하게 을쓰녕한 動物이라도 무관하다.

나는 이것으로 滿足하리라

沈默하고 意識的으로 늙어온 靈의化身이기에.

바람이 불면 막불니워 갈것갓튼 여윈四肢를 가젓지만

햇빗만 내려쏘이면 싹쏘그라들것갓튼

얼굴에 주름쌀이지만

그러나 岩石갓튼 運命에 살어왓길내

오늘은 北西風이 불어서 눈보라처도

趙鶴來 편 ———— 249

明日은 東南風이 불어서 草花가滿發한대도

나는 놀래지 안으리라

놀래지 안으리라.

(『典型詩集』에서)

-七, 九. 於 京城-

滿洲에서(獻詩)

(『滿洲詩人集』, 第一協和俱樂部文化部, 吉林市, 1942.)

가슴은 샛발간 장미로 얼켜
닙히 질가 두려워 대견히도 간직합니다.

언덕은 숨고
짜작나무 바람찬 벌판
쩌난대서 손수건 흔드는 당신들이어
고향도 집도 모두 버리엇습니다

언제든지 고웁고 아름다운
장미꽃 송이를 안고
면-동산으로
시들지 안는 세월을 차저왓습니다.
당신들이 항용조아하고
그리워하시든-.

彷徨

(『滿洲詩人集』, 第一協和俱樂部文化部. 吉林市, 1942.)

언제 부터 자랏느뇨.
그널분하늘 그말근 바람에

가지와
시루에르.

맘대로 자라 맘대로 버더서
맘대로 얼킨

두셋 닙새가 종사릴 매달고
애달비 쩌는 가지에
안테나 라도 걸어다오.
아무나 말이라도 울려를 오게.

바람이 지내가면
한사코 울기만하는 가지 사히로
새파-란 하늘이 쏘각쏘각 부서젓다.

-八, 二, 長白에서-

憧憬

(『在滿朝鮮詩人集』, 延吉, 藝文堂, 1942.)

光明을 못보는 生命體의 실없는 푸념은 않이란다.

헐벗고 굶어서하는 싫은 소리는 더욱이않이란다.

하늘이 묽어저도 닿지못할 물결속같은 빛없는곳---

꼬리를 치렁치렁 흔들거리면서

珊瑚林 속을 헤치고 흘러가는 海藻-야기 많은 친구들아

그런곳 저런곳 가리지않고 海藻같이 浪漫하고 싶다는 말이다.

港口는 너무도 距離가멀어서 지루하여도 좋다.

空氣는 한참 隱花가루 흐터지는 꽃보라속에서

별이뜨고 달이흘으고---

물 개고리우는 이슬진 歷史의 밤

차거운 寢台우에 맺는 옛꿈이 좋다.

언제든지 感覺은 날싸지 않어도 좋다.

반괴처럼 燐光이 서리지 않어도

얘기많은 친구들아--

미상불 그대들은 어진動物일테니

蘭草피는 이故鄕에서 永遠이 어진動物이 되여도 좋다.

가을날 철늦인 코스모스 꽃송이는

薄命한 버얼-나븨를 그리웁게 불러드린다

그러나 그것은 어질고 眞實함이기에 좋다

眞實을 말하는 凋落은 춤들이기에

춤의 共鳴이기에

나는 끝없이 憧憬하노라--

驛

(『滿洲詩人集』, 第一協和倶樂部文化部, 吉林市, 1942.)

마즈막으로 갈라진다해서 손수건을 흔든다.

너무도 슬퍼서 눈물을 쥐어도 짠다.

어찌하면 다시 만날쯧 십허서 울지안코 참기로 한다.

해당꼿치 피는 나라로 간다 해서 그게 당신들째는 좃소.

구진 눈송이 쏘다지는 나라로 간다해서 그게 자네들게는 실소.

그러나 차는 당나귀처럼 덜넝거리면서 만흔구비도 잣고가리다.

어미네를 어느 육실한 여석으게 쌧기고서는

쑥겨지고 너절한 봇싸리를 싸들고서 도망하듯이 쩌나간다.

능금접이나 사이고 토시싹으로 콧물을 시츠면서

이마을 안악 네들은 품파리를 쩌나간다

서울가는 귀한 쌀자식이

나룻가로 팔여가는 색주가 영업자가 모두 쩌나간다.

두셋오리 간장물에 찌워노흔 그놈의 국수가 그럿케도 맛조앗소.

어느 도야지 살믄물에 풀어논 장국밥이 그다지도 구수햇소.

두루마기 깃에서 휘파람소리나게 거러도

아무래도 당신네들 입술에는 당초가루가 붓터습니다.

쩌나가는 고동이 운다.
도라오는 시그낼이 쩌러진다.

젖먹이를 껴안은채 헛소문이 쩌들든
내고장을버리고 절믄아즈머니가 온다.
키-타를 쥐고 슬퍼서 울것처럼 상을찌프리고
어느 서글픈 촌풍각쟁이들이 온다.
어갯밤 링에서 어더마즌 권투쟁이들이 시퍼런 쌤을 만지면서 도라온
다.
버리려든 슬픔은 차라리 우서버리 면서도 그래도 다시 도라가고 십
허서
조마조마하게 모도들 차저온다.
아직도 갓쓴 상투쟁이 할아버지
어느 먼-드메에 시집갓든 둘째쌀이 모-두 도라온다.

아싸보- 역부, 일쑨 바람, 눈
시그낼이 운다.
「잘가시오다」
「잘잇수다」
「안이 이재오네-」
「⋯⋯⋯⋯⋯⋯⋯」

-八,一二, 咸鏡線旅路에서

園譜

(『만선일보』, 1940.4.27.)

새로운 極光이 무지개처럼 버더난다

삶의 曲節은 田園에서 躍動한다.

白濁한 市井의 좀먹는 體臭를 잇고

진실은 여기 蜃氣樓처럼 피여나--

布穀새길-이 光明을물고 날리온다.

地軸을 파헤치고 무럭무럭 구수한흙香氣!

千里萬頃 구부러진 耕地!

…멀-리 海灘가튼 歡呼의 喊聲이 들리는구나.

薰風을 한아름마시고

이봄의 푸른 물결우에

마즈막 '노스탈쟈'를 싯의라.

또하나 細胞는 봄언덕에부푸러오른다.

大地의心臟속 우리의牧場에서安住하려니

오-

바람에 날려 바람에부서지는

旗쌜을 보라

거기서…

太古는 土地를물고왔고

태고는 흙을써밀고갓다

壯한숨이 지나가고

살진沃土 토실토실느리지

寶庫는 안-윽히 전개될쌔

展望 속엔 金빗太陽이 瀑布가티쏘다지나리니

情景은 너무도탐스럽고나

慈愛스런 어머니의 젓줄가티

大河는 沃野에 한幅의氣流인듯 흐른다.

이제 地圖의 한복판에 새氣焰 솟아

燦爛한 黃金물결에 너는 폭은히잠들리니

오너라 모-두

모-두 오너라

왼갓農樂이 새숨결에 빗처서

蒼空에쑨 솔개미날개처럼

輓歌홋터지는 이쌍에도….

이윽고 아름다운 天使는

우리를 마저

薔薇쏫닢파리가티 고운

曲譜를 퍼칠 쩌시다. -(四月一日)-

春詞

(『在滿朝鮮詩人集』, 延吉, 藝文堂, 1942.)

胡沙 훗날리는 千里平原 思春하는 都心!

葡萄빛 氣流 여울에

南國의 情操가 엑소틱한 波紋을 친다.

이 봄---

天使의 湖心 같이 맑은 마음씨는 白楊나무 가지마다 조으름깨다.

코발트빛 한울가에 季節의 體溫이 波動처 香氣로운 呼吸이 微風에 부서진다.

오---

이제는 후눅한 土香이 潮水같이 넘치고 넘치는 潮水 구수한 土香 속에

젊은 密語가 나비처럼 떠 돌려니,

이봄---

퍼덕이는 脈搏이

池塘에 핀 蓮꽃잎물고 잉어처럼 꼬리친다.

現代 · 詩人

(『만선일보』, 1941.1.29.)

눈송이가 배꼿닙처럼 훗날린다.

地球--

늙은이 배통갓치

起伏이 만흔 線우에

샨데리야 갓튼 太陽이

풋化粧한 城壁을 넘는다.

등심이 구든

슬음의 벌판.

傳說의 삿갓을쓴 진달내 꼿밧티

소낙비 오는 "푸로무나-드"가 되는

現代 現代 現代 現代 現代

詩人아--

너는全生涯를두고

버들밧 쇠꼬리처럼 울기만하고도

시집못간 女人이아니드냐?

詩人아--

눈송이가 배꽃처럼 훗날리는

등심이구든 슬음의벌판으로

五圓짜리 후와이바-추렁크를 들고

헤매면서 헤매면서

어제는 박장을치고 우서도 조타.

어제는 박장을치고 우서도 조타. 十二月一日作

流域

(『만선일보』, 1941.2.9.)

그 옛날에는

수많은 호우적들이 몰려와서 불상한

백성들만 애꾸지 못살게 굴엇다는 이야기가 남엇다.

(마을에다는 불을 다려노코 糧食을 쌔아서가고 妻子는 拉去하고 사나

히 大丈夫는 죽여버리고-)

地圖를 펼치면

白頭山이 보이는 모퉁이 長白山系의 東쪽邊地에

長白 藥水 半截溝 독골 빠두골 帽兒山---

谷間에 쎄여서 일흠이 업고,

진대밧헤 숨어서 일흠이 업는 邊地의都邑

甚히 고요한 流域이여---

하늘을 쩌를 쯧이 嶮한 山들은

山을 불러 놉히놉히 구름속에 마조안저

언제나 神秘로운 對話가 씃날줄 몰낫노라.

傳說과詩와 風俗과生活로 수노코,

쯔님업시 쉬임업시 支向업이 鴨綠江푸른물이

흘러서 흘럿노라.

햇님이 소사소사 歲月이 흘러가고
天池물이 넘처넘처 鴨綠江이 흘러갈제
商船도 오르나리고 쎼목내리고,
수만흔 호우적의 그現實도 이야기로 變해서 流域은 豊年頌이---
豊年頌이 無窮히들려진다오.

大東亞戰爭과 文筆家의 覺悟

(『만선일보』, 1942.2.5.)

　　自我의 內部에에 歸屬을 形成하고 잇는 人間의 歷史性은 그것을 默認해버릴수가 업습니다. 微妙한時代 轉換의時代 沒落의時代 勝利의時代 建設의 時代 時代精神이란 思想性을 包容합니다. 時代精神을 無視, 分離한 作品은 偉大한 文學이 못되겟지요. 더욱이 이時代에 滿洲라는 特異한 風土속에서 呼吸하는 眞實한 文學徒라며는요 文學主義도 그 時代의 精神을 內包함이라고. 하늘도 처다보고 쌍도 바라보겟습니다. 消息도 뭇고 냄새도 맛보겟습니다. 靜觀도 하면 自得도 하겟지요.

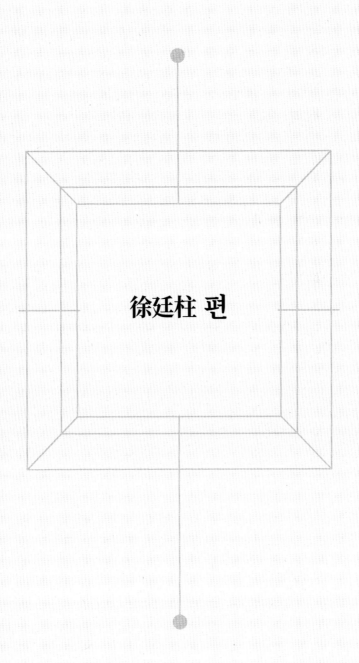

徐廷柱 편

滿洲에서

(『인문평론』, 1941.2.)

참 이것은 너무 많은 하눌입니다. 내가 달린들 어데를 기겠읍니까.
紅布와같이 미치기는 쉬웁습니다. 몇千年을, 오- 몇千年을 혼자서
놀고온 사람들이겠읍니까.

鐘보단은 차라리 북이있습니다. 이는 멀리도
안들리는 어쩔수도없는 奢侈입니까. 마지막 부를
이름이 사실은 없었습니다. 어찌하여 자네는
나보고, 나는 자네보고 웃어야하는것입니까.

바로 말하면 하르삔市와 같은 것은 없었습니다.
자네도나도 그런것은 없었습니다. 무슨 처음
복숭아꽃내음새도, 말소리도 病도 아무것도 없었습니다.

문들레꽃

(『三千里』, 1941.4.)

바보야 하이얀 문들레가 피였다
네눈섭을 적시우는 룡천의 하눌밑에
히히 바보야 히히 우습다
사람들은 모두다 남사당派와같이
허리띄에 피가묻은 고이안에서
들키면 큰일나는 숨들을 쉬고
그어디 보리밭에 자빠졌다가
눈도 코도 相思夢도 다없어진후
燒酒와같이, 燒酒와같이
나도 또한 나타나서 공중에 푸를리라.

無題[1]

(『귀촉도』, 선문사, 1948.)

뭐라 하느냐
너무 앞에서
아- 미치게
짙푸른 하눌.

나, 항상 나,
배도 안 고파
발 돋음하고
돌이 되는데.

---

1 「無題」는 『歸蜀道』(宣文社. 1948.) 「小曲」이란 제목으로 수록되어 있다. 40쪽 참조.
그런데 서정주는 〈天地有情·4〉에서 「無題」를 「만주에서」, 「문들레꽃」과 함께 문주에 살
때 썼다고 했다.

滿洲日記㈥

(『매일신보』, 1941.1.16.)

十一月 一日.

終日 齒가 애린다. 未成年. 汪淸縣糧穀會社出張所로 나는 日間가게되리라한다. 下宿料와빗을合하면 百圓은잇서야한다. 또 外套와內依等도 사야만한다. 또 汪淸을가면 월급을타기까지 누가 아를 밋고먹이여주나 최소한 이백원은 잇서야할텐데 어쩌케하나 아버지한테선 두달이넘도록 無一張消息이다. 그러케 여러번이나 편지와電報를 하엿건마는 低劣하게도 血書까지 써보냇건마는 어머니에게서 二十圓돈이 누이의 편지와가치 왓을쑨이다. 妻한태서도 요새는 消息이업다. 지난달初에 어서돈버러서 00사탕을 사주라는 집에서는 동전한닙 갓다줄생각말라는 00가온뒤엔 도무지 잠잠하다.

滿洲日記(三)

(『매일신보』, 1941.1.17.)

滿洲에 와서 둥그는 동안에 異常하게도 돈을 모아볼 생각이 든다. 八十圓식 月給을 밧으면 밥갑과 담배갑과 양말갑除하고는 三十圓이건 四十圓이건쏙쏙 貯金하리라. 賞與金과 出張費를 모다 貯蓄하면 一年에 千 圓 하나는 모울수잇지안을까. 三年이면 三千圓 五年이면 五千圓이니 나는 삼년 안에 오천원 하나를 期於히 손이잡을作定이다. 그 뒤에는…… 그뒤에 는 그걸로 카-페營業을 하든지 무얼하든지쏘二年 그래 五年後엔 적어도멧 萬圓 안포켓트에 느어가지고너이들압해 나갈터이다 어머니여! 妻여! 벗이 여! 詩는? 詩는 언제나 나의 뒷房에서 살고 잇겟지 秘密히 이건 나의 永遠 의妻이니까.

滿洲日記(四)

(『매일신보』, 1941.1.21.)

어머니! 神明이加護하심인지 00感天하심인지 特殊會社 滿洲「」會社
에月給八十圓의傭人이되와 龍井村으로出發하옵나이다. 어머니 기쎄하십
시오 좀 감사히 우르십시요 三年만 忍苦鍛錬하면 加俸이九割에 賞與金이
六十割입니다. 시스오(靜雄)는 그째 一次歸鄕하겟습니다. 어머니 고무신도
한켤래 사가지고가겟습니다.

찬란한이開拓地에 東方의해가소사오를째 이우렁찬아침에 靜雄이는
오늘이야말로 人生다운 새覺悟를 가젓습니다. 愉快하고 明朗하고 씩씩하
게! 0릴한주먹쥐고 前進하겟습니다.기다리시지요(쯧)

滿洲에 와서

(『안 잊히는 일들』, 현대문학사, 1983.)

妻子하고 같이 밥이나 묵고 살아보자고
滿洲糧穀會社의 間島出張所에 취직했더니
所長놈은 巡査部長 出身 日本人인데
첨부터 내게 반말지꺼리였네.
'오이 조꿍!
저 中國아이들 데불고 밖으로 나가
마당의 木材들에다 쇠도장을 찍어라!'
쌍것이 무식궁하게는스리 으시댔었네

中國애들이 다 '센슌 찔렁찔렁'하는
零下 三十 몇度의 치운 겨울날씨를
山더미같은 그 많은 나무토막들에다
쾅쾅쾅 연달아서 쇠도장마치를 메부치고나니
하늘도 무에 몽땅 저린 듯만 하고,
내 손바닥은 홀라닥 벗겨져
이거야 정말 참 약이 오르더군! 오르더군!

그래서 밤 下宿방에서 이불을 뒤집어쓰고 누워서는

고놈의 콧대를 어찌하면 꺾을까만 궁리궁리해,
내가 아는 東西報復의 例를 모조리 들추어 對照하면서
三更이 넘도록 궁리궁리해,
…(이하 생략)…

만주에서

(『팔할이 바람』, 혜원, 1988.)[2]

「날라리」 가락을 아시는가?
淸國의 본고장—만주벌판이 마지못해 낳아놓은
이 지상에선 가장 기괴하고 딱하게는 야한 음악
날라리 가락을 들어 보셨는가?
부엉이 소리와 올빼미 소리 비슷하면서도 칼 가는 소리,
칼 쓰는 소리, 누워서 칼 먹는 소리도 나는,
언제나 뼈다귀를 울리는 고량주 빼갈의 지독한 내음새와
그 안주로 꼭 한 가지만 씹어먹는 마늘 냄새도 나는
그 만주의 그 이상한 날라리 가락을 아시는가?

만주 局子街—일명 연길에 와서
처음으로 그 幌馬車라는 걸 타고 달리며

---

2   제목이 한글로 된 「만주에서」이다. 긴 산문시인데 「滿洲에서」와 달리 경험적 사실의 앞세
우면서 동족에 대한 친밀성을 강화시켰다. 제목이 같기에 구별을 위해 「만주에서」 전반부
를 인용한다. 그런데 이런 기억과 표현의 강도가 「滿洲에서」와 비슷한 제목의 「滿洲에 와
서」(『안 잊히는 일들』. 현대문학사.1983)에도 나타나고, 1940년 9월~1941년 2월 사이의 재만
체험을 재구성한 「구만주제국체류시 5편」(『시와 시학』. 1992.봄)에 와서는 「일본헌병 고 쌍놈
의 새끼」로 항일을 한다. 흥미롭다. 그러나 재만시절 「만주일기」 등의 친일추문을 불문에
붙이려는 혐의를 준다.

구석구석에서 스며나오는 이 「날라리」 가락을 들은 뒤부턴

나는 무슨 새 인연으론지 여기 걸리어 한동안은 그

출처만을 눈여겨 찾고 다녔네.

회사의 정식 출근령이 있기까지는 한 달쯤이나 고양모개 익어가는

만주 날라리의 늦가을 날들이

이 황야에 그득히 공자로 구겨져 고여 있어,

…(이하 생략)…

日本憲兵 고 쌍놈의 새끼

(『시와 시학』 제5호, 1992, 봄호.)

1940년의 그荒凉한 南滿洲가을의 瘀血빛黃昏을
余는 사는걸 되도록 좀더 自由롭게 하기위해서
圖們驛의 한가한곳에서 한바탕 흔쾌히 오줌을누고 게셨는데
여기까지를 어떻게 눈여겨서 염탐해온 것일까
핏빛 帽子테두리를 한
고 日本憲兵 쌍놈의새끼 하나가
재빠르게는 쫓아와서
나를 끌고가 즈이들사는곳에 몰아넣고는
다짜고짜로 구둣발질을 해대는 것 아닌가.
"고라! 시네! 시네!(이놈! 죽어라! 죽어라!)" 하며
정강이뼈가 녹초가 되도록
연거푸 연거푸 구두발길질을 하는 것이 아닌가.
"시원하시겠습니다" 한마디쯤 나올줄 알았더니
그런말은 잇字도 없이
내 정강이에다 대고 구두발길질만 이어서 해대고 있는것 아닌가
고 쌍놈의 새끼가!!

間島 龍井村의 1941년 1월 어느날

(『시와 시학』 제5호, 1992, 봄호.)

零下30度의 치운 벌판엔 天地의 뼉다귀들처럼
큰 나무기둥들이 즐비하게 널여쌓여 있었는데,
巡査部長출신의 고 무식한 日本人所長놈은
"그 나무기둥 마다
우리會社 마크의 쇠도장을 찍어넣어라" 해서
나는 中國人 部下靑年 두사람을 데리고
그 쇠도장이 새겨진 쇠망치들을 들고
땅! 땅! 땅! 땅!
언하늘의 한복판이 찌렁찌렁 울리도록
그 나무기둥들을 후려갈기며
찍어넣고 찍어넣고 찍어넣고만 있었지.
中國人靑年들은
"센손(先生님)! 찡렁찔렁(참 치워요)!" 했지만,
나는 그들한텐 대답도 없이
"에잇! 빌어먹을 놈의 것
나도 長白山 馬賊이나 되어갈까부다!"
그렇게 생각하며 찍어대고만 있었지.

北間島의 總角英語敎師 金鎭壽翁

(『시와 시학』 제5호, 1992, 봄호.)

日本殖民地시절의 우리나라에는
　슬픔이 기쁨인 얼굴을 하고
사는 사람도 꾀나 많기는 많았지만
北間島라 恩津中學의 英語敎師 金鎭壽처럼
　그게 그 극치를 이루고 있는 사람은
　나는 난생 처음 보았네
그래 내가 翁이라는 尊稱을 붙여주었던 金鎭壽는
그 호주머니에 가장 여유가있는 저녁은
나를 그 방바닥이 뜨신 滿洲冷麵집으로 불러
다모토리燒酒를 노나마시며 웃고만 있었는데,
그건 너털웃음이 아니라 그냥 微笑였지만
그건 좋은 冷麵의 원료인
純모밀발의 진짜 사운거림만 같아서
이게 슬픔인지 기쁨인지를
나로서는 도무지 식별할 수가 없었네.

지금은 저승에 드신지 오래인 金鎭壽
發表도할줄모르는 드라마만 쓰고 있던

우리 드라마의 총각詩人 金鎭壽翁.

그 좋은 冷麵의 원료

純모밀 꽃밭 같은

그 잔잔한 微笑 거기 갔으니

저승도 인제는 좀 위로는 되겠군.

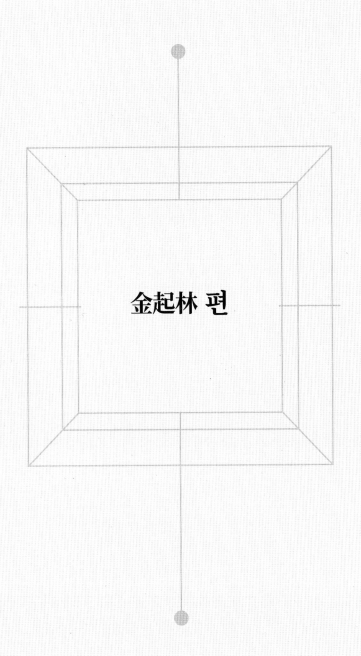

金起林 편

슈-르레알리스트

(『조선일보』, 1930.9.30.)

거리를 지나가면서 당신은 본일이 업습니까

가을 볏으로 짠 장삼을 둘르고

갈대 고깔을 뒤ㅅ덜미에 부친 사람의

어리쑤진 노래를---

怪常한 춤맵씨를---

그는 千九百五十年 最後의 市民---

佛蘭西革命의 末裔의 最後의 사람입니다

그의 눈은 '푸리즘'처럼 多角입니다.

世界는 색구로 彩光되여 그의 白色의 '카메라'에 잡버집니다

새벽의 짱을 울리는 발자국 소리에 그의 귀는 기우러지나

그는 그 뒤를 딸흘 수 업는 가엽슨 절름바리외다.

資本主義 第三期의 '메리·쏘-라운드'로

出發의 前夜의 伴侶들이 손목을 잇그나

그는 차라리 여긔서 호올로 서서

남들이 모르는 수상한 노래에 마추어

혼자서 그의 춤을 춤추기를 조와합니다.

그는 압니다. 이윽고 '카지노폴리'의 奏樂은 疲困해 씃치나고 거리는
잠잠해지고 말것을 생각지 마르세요. 그의 노래나 춤이 즐거운 것이라고

그는 슬퍼하는 人形이외다.

　　그에게는 生活이 업슴니다.

　　사람들이 모-다 生活을 가지는 쌔

　　우리들의 '피에로'도 쓸어짐니다.

屍體의 흘음

(『조선일보』, 1930.10.11.)

曠野는 그 속에
情熱에 타죽은 靑春의 죽엄을 파무덧다.

火葬場
아무도 記憶하지 안는 죽엄을 하나
曠野에 심것다.---
生長하여라 曠野여

滿洲의 한울은
娼婦의 배ㅅ가죽처럼
풀어저 드리워잇다
午後의 太陽이
벌거벗은 샛발간 心臟을 들고
彼女의 灰色의 寢室을 차저단닌다.
「우스리」깁흔 下水道 속에
午後의 太陽이
혼자서 빠저죽엇다
大地에서 쮜여나온 어린아희가
갈대를 붓잡고 물속에 쩔어진 黎明의 太陽을 낫시질한다.

갈대를 붓잡고---

그는 들가에서
쏘리단 胡賊의 大將을 붓잡엇다
「걸어오는 太陽을 본 일이 잇느냐」
胡賊의 머리쏘리가 胡賊의 작은 골과가티 돈다.

그의 발길에 채여
사나희의 屍體가 흙을 썰며 大地에 딩군다
-사지는 줄어 붓텃스나 머리가 업다
머리업는 귀신이여
머리업는 귀신이여
「너는 地獄에서 너의 戀人의 얼골을 보아도 몰으겟지」
「오호츠크」의 穩順한 물결이 싸씃한 마음을 가지기 始作한다.
「오호츠크」의 桃色의 心臟에서 華氏 三0度의 바람이
싸씃한「키쓰」를 담은 바구미를 들고 말러부튼 온 生物을 손질하며
거츤들 우를 나러온다

한겨울 동안 監禁되엿든 눈 아래 파뭇친 忘却의 옛집에「잘잇거라」
를 고하고
太陽은 어린 아이와 가티 어러부튼 江面을 구르며 쏴단인다
無邪念한 解放된「큐핏트」여 골작에 잔긴 깁흔 잠에서 놀라 째여 간
식검언 江물은「憤怒」와 가티 밀려온다
黑龍江의 五月---

써나려 오는 어름덩이 사이에서

沙工은 올을 자버서 서른 일곱번재의 죽엄과 對面햇다고 안해의 마음 너혼 째ㅅ상(飯床)에도 도라안지 안는 밤 沙工의 마음을 밤을 밝히며 낫모를 죽엄을 에워싸고 江을 나려간다

이윽고 그의 꿈은 물박휘치는 黑龍江 우해서

쏘 다른 죽엄에 부대처 째여낫다.

그것은 그 自身이엇다--- 그는 스시로를 의심햇다.

「다음날 그는 도라올가?」

우리들의 沙工은 벌판으로 쮜여나왓다 길가에서 XX軍의 대장의「카-키」빗 군복을 붓잡엇다.

『자네 무엇하려 자네의「모젤」싯흐로

XX人의「노-르만」코에 겨누고 잇는가 잡버진 놈의 心臟 속에 자네「모젤」싯흘 적시여 내는 째 자네의 人生에 무엇을「풀러쓰」햇는가?』

쏘 다른 모퉁이에서 부들부들 이를 가는 젊은 兵士의 손목을 쥐엿다.

『보앗지? 자네의 會社의 二層의 社長室의 空氣가 불러가는 社長의 배ㅅ장 째문에 壓縮을 늣길 째 자네는 빗나는 白銅훈장을 드리운 가슴을 내밀고 자네의 부러진 다리를 끌고서 자네의 國土를 밟겟지 아에 자네들의 胃腸과 가튼「XX主義」는 자네들의 背囊 속에 집어넛케』

이튼날 새벽 동트기 전에

묵어운 구두소리가 江가의 새밧흘 쓸고간다

沙工의 기-ㄴ 넷 이야기와 남은 이야기들을 담은 거적이 江 우에 던저젓다--- 도라서는 발자취 소리

『다음날 그는 도라올가?』 기다리는 안해의 작은 오막사리로 黑龍江에는 五月이 도라왓다.

詩論

(『조선일보』, 1931.1.16.)

---여러분---

여기는 發達된 活字의 最後의 層階올시다

單語의 屍體를 질머지고

日本 조회의

漂白한 얼골우헤

색구러저

헐떡이는 活字---

「뱀」을 手術한

白色 無記號文字의 骸骨의 무리---

歷史의 가슴에 매여달려

죽어가는 斷末魔

詩의 샛파란 입술을

축여줄 '쉼표'는 업느냐?

公衆便所---

오래동안 市廳의 掃除夫가 니저버린 窒息한 쏭통속에

어나곳 '센티멘탈'한 令孃이 흘리고 간

墮胎한 死兒를
市의 檢察官의
三角의 귀밑눈이 낙시질햇다
---詩다---쑤라보---

나기를 넘우 일즉히 한 것이여
생기기를 넘우 일직히 한 것이여
感激의 血管을 脫腸當한
죽은 '言語'의 大量産出 洪水다
死海의 混濁---警戒해라

시의 궁전에--- 골동의 폐허에
시는 질식했다
「안젤러쓰」여
　先世紀義
　오랜 廢人
　詩의 弔鐘을
　울려라
　千九百三十年의 들에
　藝術의 무덤 우에
　우리는 흙을 퍼언자

「哀傷」의 賣淫婦가
　悲壯의 法衣를 도적해 둘르고
　거리로 끌고간다

모--든 슬픔이
藝術의 일흠으로
大陸과
바다---
모든 목숨의
王座를 짓밟는다

濁流-- 濁流-- 濁流
「센티멘탈리즘」의 洪水
커다란 어린애 하나가
花崗 채ㅅ죽을 휘둘른다
무덤을 꽃피운
救援할 수 업는 荒野
藝術의 祭壇을 휩쓸어버리려고
僞善者와
느렁쟁이 「어적게」의 詩들이여
잘잇거라
우리들의 어린 아희다
「심볼리즘」의
장황한 形容詞의 줄느림에서
藝術의 손을 잇글자

한 개의
날뛰는 名詞
금틀거리는 動詞

춤추는 形容詞

(이건 일즉이 본 일 업는 훌륭한 生物이다)

그들은 글의 다리(脚)에서

生命의 불을

쏨는다

詩는 탄다 百度로---

빗나는「푸라티나」의 光線의 불길이다

모-든 律法과

「모랄리티」

善

判斷

--그것들 밧게 새 詩는 탄다.

「아스팔트」와

그리고 저기 「렐」 우에

시는 呼吸한다

詩--딩구는 單語

못

(『春秋』, 1941.2.)

모--든 빛나는 것 아롱진 것을 빨아버리고----
못은 아닌 밤중 지친瞳子처럼 눈을 감었다.

못은 수풀한복판에 뱀처럼 서렸다
뭇 호화로운 것 찬란한 것을 녹여삼키고-----

스스로 제 沈黙에 놀라 소름친다.
밑모를 맑음에 저도 몰래 오슬거린다.

휩쓰는 어둠에서 날(刃)처럼 흘김은
빛과 빛갈이 녹아엉키다 못해 식은 때문이다.

바람에 금이 가고 비빨에 뚫렸다가도
상한 곳 하나없이 먼동을 바라본다.

새벽의 아담

(『朝光』, 1942.1.)

象牙 같은 등어리에 華麗한 피를 묻히고
별을 밟으며 가시 언덕을 넘어감은
한 時 바삐 저 묵은 歷史와도 訣別함이리라

希望은 또 다시 어둠우에 떠오르는 太陽
밤이면 그대 때문에 거리거리에 나부끼는 홰ㅅ불의 "리본"
새벽이슬에 함뿍 젖어 오슬거리는
눈망울이 구슬 같은 "아담"들을 보렴

薔薇보다 찬란한 근심을 진여
寶石처럼 영롱영롱한 슬픔은 靑春의 勳章---
새벽 行列은 淸楚한 水仙花 향기가 드더라

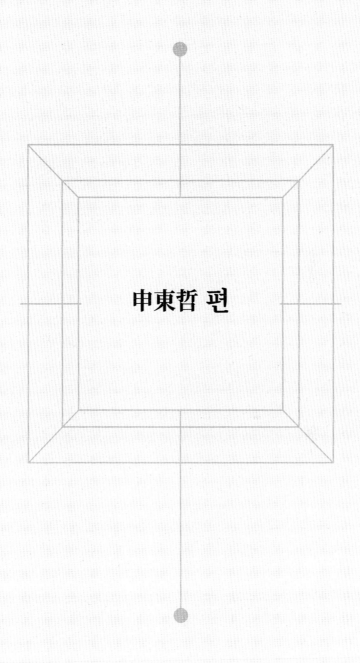

申東哲 편

想慕 – 咸亨洙君에게

(『貘』第4輯, 1938.12.)

거리의 피에로가
가을 거리
낙엽을 밟으며 얼마를 갔나

흐리터분한 太陽의얼굴을 슬퍼서
마른나무가지에 마음을 걸어놓고
너는 얼마를 갔나
차디찬 江물우에
네 蒼白한 얼굴을 보았고
매찬 바람속에
네 니히리칼한 웃음을 들었다.

거리의 피에로가
이윽고 비나리는 밤 舖道우에
너는 노래를 적시며 얼마를 갔나

힌옷깃의 신세를
아처로운 歷史를

붉고 푸르는 日記의 하펌을

....

荷物馬車 지나가고

窓밖 아득한 山脈넘에로 보내라

夜曲이 머리우에 어지러운날

光閃처럼 번득이는네눈瞳子를

燈盞불 反射하든 네 눈물을

그날을 그날을 불러

....

이날도 이밤도 나는 거리에

네 날개를 찾고

네 祈願을 찾고 ……

오… 가을은 石膏처럼

하이얀 鄕愁를 낳었노니

나는 어청, 어청

꿈길연닿은 벗나무 숲으로 가노라.

作品

(『조선일보』, 1940.6.8.)

亡命한 風土의 글라스製의午後

「떼파-트」의 生活하는希望

鋪道의 오페라 噴무하는人形

裁縫師의 滿室에 바다가 休憩한다

亡命한風土의「떼파-트」

鋪道의 재봉사

「글라스」製의生活하는希望

「오페라」분무하는 인형은 滿室에서

바다가 休憩한다.

少年처럼 날이 저물고

少年처럼 날이 오고

少年처럼 날이 가고

少年처럼 세모난 무지개의 壁은

작은 宇宙의 幻想처럼. 해는 자주 비츠로 연기를 吐하고

길거리에서 낯선 樂器의 準備된 感情이 現實의 고막 우에서 園丁의
벽을 고인다

능금과 飛行機

(『만선일보』, 1940.8.29.)

1 11時의 高級豫感들은 능금의 文明을 위하야 오늘아침 비행장에서
　重大한 禮式을 擧行하다

2 發散하는비행기 비행기의웃음속에丁夫人 은리봉을 심는다

3 비행기의優生學

4 아카시아 욱어진蒼空으로 손수건처럼나붓기는宇宙가온다

　오리옹座의看板이바뀐다

　펭키냄새나는藝術家들은 바람이는 軌道에서 두샙이처럼도망친다

5 肉體우우로 달리는 템포에서 아담의原罪가 소-다水를 마시는순간

6 추-립프의海峽에서 병든新聞들이 열심히도 젊어지려고한다

7 줄다름치는食慾

　색구러지는空間

8 푸른입김속에 여러아침들이몰려든다

　푸른口腔속에 여러비행기들이 몰려든다

9 다이나마이트製太陽은 文明의進化를위하야 爆發 폭발 폭발한다

10 비행기의 에푸롱에 피로한능금으로해서 거리의少女들은 輕快하
　게미처난다

11 證明-그것은 새로운健康法이다

12 證明-그것은 새로운生殖法이다

13 證明-그것은 새로운十字架다.

詩論메모 - 消火器의 海邊

(『조선일보』, 1940.5.25.~5.26.)

1. 藝術은 生命의 表現이라고 누가 말햇다. 生命의 表現이란 演說은 眞理인 것 가트면서도 어쩐지 내 口味에는 맛지 안는다. 「배르송」도 生命의 抒情的活動이란 意味의 概念을 發表한 일이잇다. 별로 古代 그릭神話가튼 느낌이 처진다.

2. 차라리 「生活한다는 概念의 進化」에서 藝術(詩)의 植物은 繁茂하는가 生覺하는 것이 適當하다.

　　知性이 업는 日常生活의 裸體에서 소름끼친슬픔이 올때에는 「뮤-즈」에게 哀願하다시피 그 무엇인가 新鮮한 希望을 求하게 된다.

3. 藝術은 自然을 모방하느냐-하는 時代에서 自然이 藝術을 모방하느냐-하는 時代로 移轉된것 가트나 結局은 自然이 自然을 모방한 셈이고 藝術이 藝術을 모방한 셈이다. 故로 方法의 主知는 새로울수잇스나 對象의 世界自體는 우슬른지 모른다.

4. 詩人과 詩(作品에 나타난 詩)의 當緣性은 感性의 地理的 「모멘트」에서 季節을 맛난다.

5. 「나는 慢性的生活病者다 언제든지 美의 新鮮한 呼吸이 업는 이 生活의 疲困을 느낀다. 美란 나에게잇서서 한 개의 思考에 不過하다.」 西協順

三郎氏

6. 詩는 音樂의 境地를 憧憬한다든가 詩는 祈禱의 境地를 憧憬한다든가 하는生覺은 詩는 知性이 性感을 意慾하는 境遇다. 이것은 나의 趣味다.

7. 技術의 獨自的인 것은 한 性格을 調製한다.

이런 때에 創出된다고 하겟지만 그저 그러케말하여둔다. 例를 들면 土人의 「마라카스」의 공교로운리즘은 現代째즈音樂의 新性格을 맨듬과 갓다. 各自의 思考하는 習慣 惑은 感受式이 各異함에잇서서 個性을 特殊化하는 努力-곳 主知가 新性格을 調製하는 技術의 方法化와 이러한 意味에서 詩人은 技術者로서의 文化部門의 專門化한 一員이어야함이 現代의 現狀인가부다.

8. 「이즘」이라는 商標는 얼마나 毒한 것인지 모른다. 그러나 모습을 알면서도 모습 以上의越便을 그리는데에서 毒은解毒될 수도 잇다.

나는 요즈음의모더니이즘은 「슈-르·리알이즘」 以後의 歷史를(일행 해독불가)…. 그러키 때문에 오늘의 「아방갈트」들은 벌서 「슈르·리알이즘」부터 卒業해야 한다.

9. 주제넘은 내생각에는 우리詩壇에는 眞情 「모던니스트」가 업다고 보아진다.

實驗精神의薄弱을 指摘할수 잇고 人間的雅量 편협을 말할수잇고 詩人이 가질바 技術이 너무도 舊式이라기보다 活氣가 업는 것을 들수잇다.

한마디로 말하자면 詩를 생각하기를 헌신짝보다 못하게 알며 詩에 對한 工夫가 업는가 한다. 우리처럼 街頭의 職業人으로서 어느겨를에 萬卷 積書하고 工夫하랴만은 視察과思索과感受力은 얼마든지 기를수잇으리라 생각한다.

自然發生的 感情의 感傷을 토막토막 그려노코 詩라고自足하는 現狀에서 얼마나 뛰어낫나.

10. 「유-모어」와 現代詩는 어떠한 關係가 잇느냐-고 뭇는 벗에게 興味를 먹음으며 現代라고 한 그現代는 어느 것을 指摘해 말할가를 생각하여 봣다.

　　좌우간 내가 버릇하는을 두고 말함인줄은 짐작햇스나 그에게 「유-모어」로 認知되엇다하는데에 問題는 잇는 것이다.

　　이메지와 이메지가 偶然律에 依하여 意外한 對位가될 때-(結合)-그것이 「유-모어」로 알어진 事實은 무릇 나의벗뿐이 아닐것이며 오늘의 評家氏의 眼目에도 그러케 보일 것을 생각하면 자못섭섭하다.

11. 나에게는 아직 技術競爭의 發狂이 잇슬뿐이다. 그러나 나에게 「모랄」을 問題삼아 말한다면 어렵잔케 대답하기를 나는 「나의 詩의 모랄을 이저본적이 업노라」 할 것이다.

　　가령 모랄 無用論도 一種이라고 말할수잇는것처럼 超知性한 快感이 裸出되지 안흔 나의 作品에는 아무런 價値도 愛着도 못가진다.

12. 나는 지금理解하기에 摘當한 文句를 생각한다. '感性의 自律性-或은 感覺의 自動性'이러한 境地에 知性의 비타민 ABC가 透明하게 잇슴을 느낀다.

　　超知性의 快感을 說明하려면 막연하나마 以上과 가치 말할박게 업다.

　　자칫하면 思想업는 知性이니 生活업는 感覺이니하는 神秘스러운 揶揄를 바들것갓다하지만 유-모란 其實 以上 神秘스러운 揶揄를 말해야올 을 것이다.

　　文字와 言語가 가진 性能에 對한 槪念을 固執하구십지 안흔 것이 또 하나의習慣이다.

13. 「슈―르리알이스트」들은'프로이드博士의實驗的事實에'베르그송'哲學의 情緒를加味한 것이 그들의知性이엇지만 한거름 나아가 文字와

言語가가진 性能에 對한 槪念을 固執하구십지안흔 習慣은 意念이 다른데에 잇는 것이다.

'튜라시슨' 一派들은新言語를 創作한다는 運動을일으킨일이잇서 '유리시즈'의 作者로 그기묘한言語를 發表한 일이잇섯다.

나에게는 아직 言語를創作할 能力도업지만 槪念을 달리해보려는 생각은 벌써 품은지 오래다. 그러타고 영 意味不通한 작란은 삼가려는 것이다. 이를테면 낡은言語에 現代的 感覺의 衣裳을 이피는데不過할수도잇다.

14. 現代的이라는 條件을 말해야겟지만 明確한 劃線을 그어말한다는 것은 오히려 나로서는 어리석은 일에 屬한다. 다만 以後 나의作品과 나의 努力이暗示할 것이다.

다만 新鮮함을 느낀다는 事實은 어느時代에도 잇섯던것이고 지금이라도 新文化-精神的-의 訓練을 밧고 잇는 '제네레-슌'들은 切實히 感知하고잇슬 것은 의심업다.

生活의 衛生法으로서 呼吸되고잇는 感受性.

15. 現實과現實性의 混沌.

抽象과 抽象性의 混沌에서 南北을 가리지 못하는 境遇가 잇다.

現實主義는 科學의 洗禮를 바든 二十世紀의確固不變한 系統이다. 말하자면 自然은 自然을 超越할수업다.

16. 自由奔放한 아름다운 想像은 現實性 우에 핀 抽象性에서부터 시작한다.

17. 讀者의 想像에 매낀다는 것도 無責任한것가트면서도 오히려 親切한 것이다.

讀者는 作者以上의 發見力을 가질 境遇가만타. 만타고 論賴해야 올흘게다. 나는 그러한 事實을 흔히 發見할수잇섯다.

18. 詩를 定義한 사람은 잇섯슬수업스나 詩人의 마음을 말할 사람은 過去에도 만헛고 지금에도 여러 가지로 들을수잇는 것이다.

'엘리옷트'는- 詩人의 마음이란 豊富한 言語와 에메지와 發達한 感覺能力及 自由로운 想像力과 方法을 準備해야 된다.

19. 그러면 問題는 構成이다. 나는 여기에서 나의構成式은 이러타고 말할수업다. 다만 이構成式에 常識性이잇서야하고 自律性이 잇서야할것만 希望할따름이다.

20. 나는 直譯한다는 自然發生的 方法을 꺼리는同時에 意味라든지 無意味의 意味等을 大端하게 생각지 안는다. 哲學的及宗敎的 內容性으로 하여 나의 人生은活氣를 갓는 것이아니다.

나는 차라리돌맹이와가치 自處하여잇는以上의 더큰 思想을 要求하지도 안는다. 生活의 進化라는槪念을 物體化하여 가지고 잇다. 나의 詩는 感性의 無邊한 바다에서 高度의想像作用을 挑發하려 狩獵하는데不過하다.

21. 나는 다음순간에 詩人이안혀서도서도조타. 詩人이 아님으로서 自足할수잇는 境地에 行動하엿다면 또 하나는 超詩한 詩의領土를 차지한 새로운 主知를 가지고 잇게될 것이니까.

22. 消化器의海邊에 달도 해도 업시 밝아 휜-한 것이 나는 참으로 조타. '센티멘트'는 이럴때에 한 主知精神을 팔벼개로 하고잇슴으로해서 夜會服을 許諾한다.

23. 어긋난 論理가 地理를 몰르고 한업시달아날것갓다. 다만 活氣는 기쁨만으로서만이 아니다. 活氣는 喜와 悲를 超越하여 잇는 그 힘을차저 詩를 생각하기 시작하엿다.

24. '미이라-'는 먼-하늘 아래 비행기처럼 날고 잇지 안흐냐.

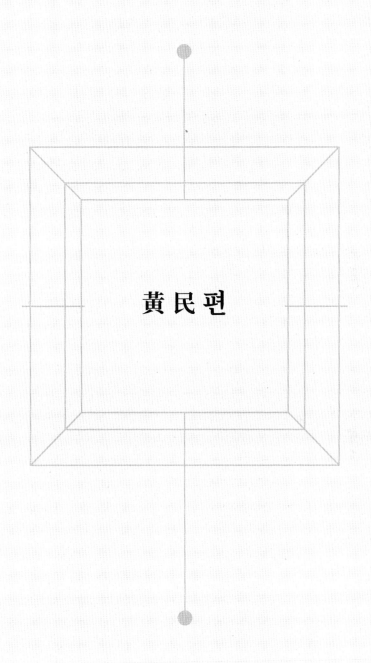

黄民편

珠簾

(『詩建設』[1] 4집, 1938.1.)

요란히 별빛 깨여지는 구성진 밤이면
哀傷한 星粉의 香그러움이 서러워

蒼白한 月脚이 이슬저 쏘다지면
이제 소리없이 쓰러질 思索의 부나븨오나

지처구 일은 어둑한 珠簾발, 저리로
한낮 眞草綠 鄕愁의 江물이 흐르노니

또다른 하나의 蒼穹이 깃드려
久遠한 傳說을 가진 푸른太陽이 둥긋이 떠간다압기,

보두새로 향긋한 展望이 나븨처럼 아지리여
피여오르는 五月종다리의 滿空한 우름이 그리운心思.

---

1   『詩建設』創刊號 昭和 十一年(1936) 11월 5일 평북 慈城郡 中江面中坪洞四八九番地. 편집
겸 발행인 金益富. 발행소 평북 中江鎭 詩建設社. 동인; 유치환, 張應斗(何步), 黃民, 金友哲,
金昌述, 서정주, 김조규, 金珖燮, 金光燮, 李洽, 朴芽枝, 朴世永, 韓黑鷗, 金海剛, 金嵐人(金
益富), 신석정, 윤곤강 등

언제 여기 濕한 珠簾이 걷기여
새날의 싱그로운 푸른날빛이 깃드리오며

언제나 거기 悠長한 하늘의 呼吸을 타고
오로지 보람을찾어 生命의노래를 뿌려보오리.

鋪道

(『시건설』 5집, 1938.8.)

太陽
子午線에 걸닌
그림자 바삭마른 鋪道에

입술
봄바람에 싫여
수없는 꽃닢 흘러가는 鋪道에

耀石
검은 눈동자
실긋 빛나는 鋪道에

흰손
피없는 旗幅이
나비 나래치며 흘러오는 鋪道에

말뚝
물 거슬러 서있는

검수룩한 사나히를 보앗나

말뚝
물 거슬러 서 있는
　검수룩한 사나히를 보앗다.

얼골

(『시건설』5집, 1938.8.)

집채같은 나무단이 악을 쓰며
여인네를 끄을고 산비양을 내린다.

내리 내리 구으는 허기진 마음에
치솟는 서름으론 앞은 안보여

진땀이 불붓듯 퍼붓는
풀가시 까칫 까칫한 얼골이 있다.

禁域의 手帖·上

(『만선일보』, 1940.9.3.)

흙이 어두운 들창밋으로 물처럼 차거운 솟향기는 좀처럼 날러가지안는 푸른鐵路에 흔들리는 라말릐-누의 달밤이 오면 머리가 몹시 식어저서 문참에 손을 대일수업는 訣別은 山 고개를 宗敎的으로 넘어갓다는 한점 孤獨한 意識이잇다.

疲困한 손님이 누어잇는 살결이 희지못한 나의 土壁 土壁이 밝여오는것은 東印度의 바닷물결이흔들리는 짜닭이라는 諦念은 結局 世界文學全集 나무 그림자에 가랑닙이 숨어버리는 짜스한햇살이 노오라케 등덜미를 쪼이는 十九世紀엿다.

나에게 海岸을 條約하는 섬을달라.

구을러가지안는 돌을 엽해두고 한가지 눌님이 잇어도조타.

풀닙흔 바람이 불면 흔들리는情緒를 가저도조타.

亦是 太陽을조곰 주는것이조타

빗나는 噴水처럼 나의눈물은 얼마간 色彩를 要求한다.

우름이 긋나면 걱구로서서 짱을向하야 빌터이다.

내가 잇는 두발밋해 어두운 建坪을 주게 한 主여- 혓바닥처럼 쓸고 다니는 나의 그늘이 主의피를 吸收한다는것은 얼마나 어두운 成長을 地圖한 土耳其의 領土엿나이짜 歷史는 習性의지즌 비눌이 걸리도록 겨드랑이가 가즈러운 날개 날개가간쥬러운 겨드랑이에 선선한 바람이 불지안토록

튼튼한 壁을 마련하여달라는 希望에 粘하는 나븨는 記憶의 有機를움직이여 華麗한 午後의 傾斜를 흐르는色彩이엇다.

무릇 敗北와 不幸은 아름다운 빗갈이엇다

허리아래 굶주린 벗의 눈瞳子는 얼마나 아름다운 빗갈을 主知的으로 여윈살갈이드냐

쌔하앗게 太陽을 吸收치안어 언제나 健康하지못하다는 멋그러운 診斷書의 차거운血脈을 사랑하는 惡寒은 쌀안깃폭을 準備하지 안을수업다 遮斷! 遮斷! 세네곱 썩거지는 리듬이칼한 振動의 快味를맛보며 내려지는 깃폭으로 얼골을 가리면 지저오는 意識의 鮮明은 요란한 쇳소리를 皮下에 늣긴다.

나의벗의귀는 午前이엇다.

아득한 秒針의 方向을 나의 鐘소래는 도라오지안는다

나의 無名指에 太陽이 솟는다.

無數한 풀입이 쏩아지는 벗들은 亦是꿈에본 戀人처럼 말이업섯다.

나는 나의太陽에 머리칼을 쓸리우며간다.

純粹한 動態는 純粹한 靜態엿섯다는 로직크의 平行線이 걸린다. 한개의帆船이걸린다. 帽子를 이저버린콜럼버스의 太陽.

(筆者「詩現實」同人)

禁域의 手帖·中

(『만선일보』, 1940.9.4.)

무릅우에 노히는冊은 나븨의 體溫을 가젓다. 一瞬의 그의바다를 알엇든것이다 입싸귀 내음새는 물이되여가는 草原 草原極地를옥양목처럼 째이지는나븨나븨나래가 안는 하늘 하늘을 짓밟고

列車가 羅列된다

旅程!

요란한 波濤소리에 지워지는 압길을 허치고 드러가보는 수업는 가랑닙! 바람이 불면 枯木처럼남어지는 팔다리엇다.

바람은 透明할수록 겨울은 그러케 널려잇지안헛다

"人生論처럼 드러눕고십게 매이달린 팔다리

午前三時처럼 드리어잇는 팔다리.

皮膚ㅅ속에는 달이 켜저 잇엇다.

나는 스윗치를 눌러야 하느냐

스윗치를 눌러야한다.

空氣가 지워진 캄캄한 어둠속에서 일어나는 살결아픈 갈채의甘味를 確實히 자랑으로 滿足해야 할것이엇다.

滿足이란 얼마나 는적는적한 意識이냐.

그여코 나의日記는 內出血을…… 새하얀 戀人의 얼골에 붉은피를 塗抹하는 것은

신선한 罪惡이엇다.

그대의 흰손이 새벽처럼 건너오면 그러나 그대의손을 힘잇어 잡지못하는 그것은 말목을 쏘아오는햇빗치 시스러운 싸닭이엿다는 窓아래 그늘아래꼿닙아래 한개 이슬에 비치인 眞理를 首肯하는 얼골. 오래인 歷史의 머릿내음새를 이저버릴수업는 그대의 森林에나는 안겨잇을 것이엇다.

푸러저 올라가는 나무그늘은 한개 고은 꼿송이를 意慾하지 안허도 조타.

깁지못한 하늘은 안즐곳이 업서도 조타 나븨업는 太陽으로하야 구석구석이 발업는 어두움이 고히어 寂寂함이 버석어리는 下半身은 소리업시 지저버리는 것이 조타

無名指를 썩으면 華麗한 年輪은 도라가지 안엇다

서점은 出月의 머리카락처럼 자라는 그늘속에서 세암은 마음껏 衰弱하여싯슬 것이다

무릇 健康과 勝利는 罪惡의 本願이엇다

나를 멀리한者 그대 그대의 손목을 비고 누으면 밝은沙原은 하늘을 吸收하엿다

腦髓에 푸른 鐵筆을 꼳즈면 나는 캄캄하게 쩌진다

帆船이 쩌진다

그대 손목이 건너간 새벽이 쩌진다

香氣는 어두운곳에만 잇섯다

풀입이 돗지안는 腦髓는 집웅처럼 우울할수업섯다

몸에 차거운 쌔하얀 눈동자

눈동자 눈동자를 수접게 避하는 길바닥은 나븨가튼 억개를 선선하게 돌지 못한다

언제나 보는 山河는나의山河가 안이엿다는것을도모지 認定할수업시
풀입을 다시 쥐여본다

풀입은 차거우면 차거울수록 물처럼 쏙쏙한 그대의 말소리를 들을수
잇섯다 나는 그러나 그러나나의 오즉 하나의 表情이 바람에 무더난다

무더나는 表情은 보지안엇다

소리안나는 平原에 요란하게 비치어지는 그림자는 요란하면 요란할
수록 明瞭하여지는 그림자는 日曜日처럼 否定된다.

禁域의 手帖·下

(『만선일보』, 1940.9.5.)

마조 섯서는 拒絶은 나비다 키가 크다

나는 허드드러저 우스며 算術을 한다 긋업는 逃避를 줄다름치는 차거운 鐵路에 勒殺하는香氣로하여 머리도 압흐고 피도 마르고 純粹한 우슴으로 疲勞한다는 꿈은 나의 구녁이엇다

선선한 바람이 드러오는바다내음새를 사랑할수잇엇다

고기는 바다의 表情으로 비눌은 一齊히 海岸으로 몰린다

손바닥으로 바다를 두드리는 소리는 좀처럼 문허지지안는 섬이엇다.

곳츨 썩거쥐는 感情을短刀처럼 갓는다는 것은 조금아름다운 봄이엇다.

그러나 未來는넘어오는어둠이잇다. 어둠을고기는 비눌아래 척척히 意識할수잇는 고기는말한마디못하는 엇쩔수업는 바다속에잇섯다.

고기는햇빗이몹시 지워진孤島의 그늘아래 숨어 罪도안인 善도안인 말업시 억개를스치며 지나가고십다. 나에겐그늘이업는體重을달라.

皮下에가러안는 간즈러운體重으로하야 그대에게나는이럿케 실업는 微笑를던저흔들리는 물결이온다

하야 빗살은조갯섭질을싸쯧하게하는未練

사랑이란 偉大한 罪惡이라는 물거품이터지는 午後의靜淑을 톨스토이翁의수염은가을이 빗나는바이시클처럼 新鮮한銀鐘소리를거러노흔 거

울속으로罪안인善도안인발업시일어나는 나의얼골을 째어버린다.

憎惡는 혓바닥으로사랑하는것이엇다 머릿카락요란하게 색어지는어
두운밤은 면距離를 갓는다는位置에서 혓바닥으로나를부른다 나에게 매어
달린 生命의무개는 흔들면써러질 것을微笑하며 四肢를太陽처럼벌려도 가
슴은좀처럼소리가일어나지안는다

몹시 선선치못한落葉을思鄕하는것이엇다.

이저버렷든 길바닥을吸收할수어븐 木皮, 木皮는내말이들릴수업다

1겨진하늘이‥‥廻轉하는平原에屹立한풀입 바람이지나가도 올수업
는풀입이엇다

橫笛을불면 수업시노픈달밤이지나가고 수업시만흔기럭이우름이써
어지고하야平原의풀입새는 茂盛하엿다.

茂盛한 풀입은 서로 잡당기는平原이엇서도 나는놉다랏케孤獨한 다
리(脚)우에 잇섯다.

그몃본 險惡한달밤이 물들은 나의 肉身을먹으면 아직도 익지안흔과
일 내음새를좀처럼 사랑할수업는 너무나 눈동자는 나를 알리 업섯다.

나에게는 空氣가 모자라는 것이 이럿케遺憾이다.

空氣가 稀薄할수록 어두어지고 어두어질수록 혓바닥이 커지면 소리
업시 愁心저엇는 나의文字는좀처럼 고개를 들지안코억개가 내려안즌 보
두 물(水)입는 衣裳이엇다

내가가면 꼿바튼 도라안는다.

힘업시 도라오면 健康한 문턱.

눈을감은 洛花의 時節이엇다.

팔목이 기다랏케 나를써나는 限업시 싇허진 堤防이엇다.

(筆者는 "詩現實"同人) 一九四O. 於 城津

返歌

(『조선일보』, 1940.2.3.)

벼래(雷)는 하늘처럼 무거웠다.

캄캄하게 무거운 벼래를 밀고 낙으면

가슴을 질러 미어지게 환한 꽃향기처럼

죽엄이 나를 내가 죽엄을

물처럼 소리나게 안어본다

한목음 굵다라케 넘어가는 서으름

서으름속엔 살결을 바라보는 차거운 太陽이 걸리엿고

서으름속을 바람결에 지워지는 고요한 田園의 風景이 지나간다.

면 발끗까지 길-다라케 실혀지는 落心

靜淑한 肉身을 아아 나는 버서버리자

고요히 血脈이 노래하는 노래하는 血脈을 가진 肉身이엇다.

버려진 肉身을 들치면 아직도 이러나는 노래소리를 記憶할수잇는

아아 아우도 兄도 업는 平原이엇다.

어지러운 하늘이 거울처럼 떠러저잇는 平原이엇다.

풀입과 풀입피 서로 도라안저서잇는 平原이엇다.

하야 나의 가슴속에 시름업시 기대어스는 그림자를 안고

발자욱을 주으며 도라가는수 박게 업드냐

도라가며 二月이 지나간 피리를 부는수박게 업드냐

(作者는 詩藝術의 同人)

滿洲國 建國歌

천지안에 새로운 만주·天地內 有了新萬洲

새로운 만주는 바로 신천지·新滿洲 便是新天地

굳건한 자립정신 아래 굳건한 평화가 우리의 나라를 세웠도다·頂天
立地 無苦無憂 造成我國家

사랑이 넘치고 증오가 없는·只有親愛 竝無怨仇

삼천만 인민, 삼천만 인민·人民三千萬 人民三千萬

세상이 열 번 바뀌어도 우리의 자유는 변치 않으리라·縱加十倍也得
自由

인의와 예양으로 우리는 발전한다·重仁義 尙禮讓 使我身修

가정과 나라를 잘 다스리면 나는 바랄 것이 없네·家已齊 國已治 此
外何求

세계와 동화되자·近之則與世界同化

미래에 우리는 천지의 물결에 참가하리라·遠之則與天地地同流

맹꽁이 타령
(조동일, 『서정시 동서고금 모두 하나·6』, 내 마음의 바다, 2016.)

윗 데 맹꽁이 다섯.

아랫 데 맹꽁이 다섯.

경모궁(景慕宮) 앞 연못에 있는 연잎 하나 뚝 따 물 떠 두르쳐 이고 수은 장수하는 맹꽁이 다섯.

삼청동(三淸洞) 맹꽁이, 유월 소나기에 죽은 어린애 나막신짝 하나 얻어 타고 갖은 풍류하고 선유(船遊)하는 맹꽁이 다섯.

사오 이십 스무 맹꽁이.

모화관(慕華館) 방송리(芳松里) 이주명(李周明)네 집 마당가에 포갬포갬 모이더니

밑의 맹꽁이 "아주 무겁다 맹꽁" 하니

위의 맹꽁이 "무엇이 무거우냐? 잠깐 참아라. 작갑스럽게 군다"하고 "맹꽁"

그 중에서 어느 놈이 상스럽고 맹랑스러운 숫맹꽁이냐?

녹수청산 깊은 물에 백수풍진(白首風塵) 흩날리고

손자 맹꽁이 무릎에 앉히고 "저리 가거리. 뒷태를 보자. 이리 오너라.

앞태를 보자. 짝짝궁 도리도리 길 노래비 훨훨" 재롱부리는 맹꽁이 숫맹꽁이로 알았더니.

　숭례문 밖 썩 내달아
　칠패 팔패 배다리 쪽제 굴네거리 이문동 사거리 청패 배다리
　첫 둘 셋 넷 다섯 여섯 일곱 여덟 아홉 열째 미나리 논의 방구 통 뀌고 눈물 꾀죄죄 흘리고 오줌 질근 싸고.
　노랑머리 북쥐어뜯고 엄지 장가락에 된 가래침 뱉어 들고 두 다리 꼬고.
　깊은 방축 밑에 남이 알까 용 올리는 맹꽁이 숫맹꽁이인가?

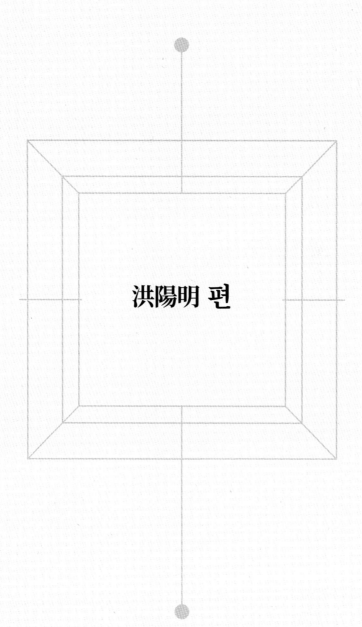

洪陽明 편

哈市東滿間島瞥見記·六. 圖們, 延吉의 印象

(『만선일보』, 1940.7.20.)

圖們의 文人들

牡丹江三日間의 滯在를 마치고 新京으로도라오는길도 夜間乘車기되여 圖佳線沿線의 明朗한風光을 보지못한것은 遺憾이다. 途中에 大興溝驛에下車하야 私擧로몃시간滯在한後 저녁째圖們에들려 하로밤旅困을 旅舍에서 풀려고잇는데 五年前 記者가 C報在職時 京城으로부터 이곳經由北滿으로 다니러가는길에 當時이곳驛에勤務中이든 李琇馨君(間島貿易株式會社)에게서 만흔便益을바든일이잇서 그後交通도잇섯슴으로 卽時李君을차저 厚意나謝하고 도라오려고나간 것이 李君을만나고보니 쉬려는豫定이째트러저 밤늦도록 舊懷를푸는자리로 옴겨지고말엇다. 이어서 咸亨洙 金貴氏도來參케되여 疲困하면서도 圖們의 色다른 文人몃분과 面接한것은愉快한 일이엿다. '슈르레알리즘'--- 超現實主義에傾倒되고잇는이들 意氣投合한 三人은 時代의苦憫과權威와詭計와 僞善을 뛰여넘어 아모것에도制約밧지안는 자기만의像想의自由로운世界에 그들이最善이라고 생각하는藝術魂을 昇華하고잇는 것으로 생각하고잇는모양이다. 적어도 그러케 생각하고 잇다는氣分을 享樂하고잇는것이아닐쌰? 藝術은길고 人生은짜르다고밋으면서도짜른人生을爲하야 낮에는 白墨을들고 코물을흘리는 兒童들에게 說敎를하는 先生님이시고 稅關의事務員이시고 貿易會社에서 珠盤을 굴니고 잇는 現實을 超 치못하야 憂鬱한밤을 쯤쯤이는 '오피엄' 代身 '알콜'에 浸

潤할터이니 三人의 벗과마조안즌나는 또한現實의不滿에對한 唯一한勝利의길이 이런方向에잇는것과갓흔 同感속에을리우는듯하얏다. "나는 저-山을보다. 또한프른들을. 저들은 나의눈속에잇다. 나는 王者이다"고 을픈 不幸한詩人 '쌔리몬드'의마시는 空氣를'쌍콕토'도 마시고 이들도마시고 오로지嚴密煩雜한 實務의世界에서 삶의興味를일은 맘弱하고 뜻노픈靑年들도 깁게選擇하여가는길이 아닐가?그러나 超現實的이기보담도 至極히 堅實하여보이는 超世的이기보담도 至極히 生活力旺盛하여보이는 前記三人의文人의愉快한 얼골을對하면서 한잔冷酒를 두잔마시는사이에 이것이現實이고 同時에超現實이며 間歇的인파라독스의 連續그것이 人生의本然한姿態가 아닌가고 나의머리는생각하는듯하엿스나 이글을쓰는瞬間의 現實의記憶은 圖們江물가티흐릿하고 朦朧하다, 그러나 나는 반다시文學은 軟弱한靑年이 가장손쉽게 아모支障업시 自由로選擇할수잇는 逃避所라고하는것은아니다. 한個의 知性잇는 모든人生이 恒當부다치는 宿命이라고나할가? 妄(言多)謝!

圖們의 거리! 圖佳線과京圖線의咽喉部로서 圖們江의胃袋가되여 急速히배가부러가고잇는이거리는 建國前 千餘名住民에不過하든곳인데 現在는總人口三萬六千 이中에朝鮮人은二萬一千餘人이라 數로서는主人格이나 奇生木처럼자라고잇다. 싼物件을사려고 南陽으로왓다갓다하는 사람 密輸의危險負擔에서 사러가는 多數의非法治的鮮系住民 中繼貿易에 珠盤을굴리고잇는商人 月給生活者 各種의鮮系生活群이 날마다豆滿江건너 文字그대로望鄕하고 살고잇는이곳의 鮮系住民의 이데올로기는 民族協和的이기보담도 多分히咸鏡北道的이아닌가? 다시圖們의거리에 거닐사이도업시 早朝延吉로써나기째문에 圖們瞥見錄은 더쓸記憶도材料도업다.

延吉의 거리

全間島省의 總人口七十萬一千三百二十五人(康德五年末現在) 中 約
五十二萬餘名이鮮系住民임으로 全體의約七割五分에 該當한다. 그外에 內
地人들은 겨우二% 滿系約二三%임으로 間島의風物이 鮮系延長이라고말
함은 오히려세삼스러운말이다. 五十二萬의鮮系住民이란 全滿鮮系住民의
約半數에 該當함으로 間島省의 省都 延吉은엇더한 意味에서 延吉은 滿洲
國內 鮮系住民의 精神的首都이라고도할 것이다. 이首部의人口는 七月十日
現在로 四萬을突破하고 그中鮮系住民은二萬一千五百六十六人이다. 强靭
性도잇고 堅實한建設的 才幹을가진 咸鏡南北道出身이 大部分만흔이곳의
鮮系住民의生活은 旅人의瞬間的 觀察로보아도 生活樣式에 純朝鮮의小都
市일뿐이라 엇던點에서는 朝鮮內의小都市보담 훨신00되고活氣가 잇는듯
하다. 治安狀態가不良한間島省下의 一部地帶로 이省域의鮮系生活과가치
漸次安堵가되여가면 이를가르켜 王道樂土라고하지아니하고무엇이라고하
랴?

(이하 한 단락 생략)[1]

---

1   생략한 부분은 『만선일보』 간도지사장 崔武를 만나고, 협화회에 들른 이야기다. 洪陽
明,「圖們,延吉의印象」哈市東滿間島瞥見記(六),「圖們,延吉의印象」. 이 기행 르포 '哈市東
滿間島瞥見記'는 1940년 7월 14일 「감상과 생활」부터 7월 20일까지 『만선일보』에 연재
되었다.

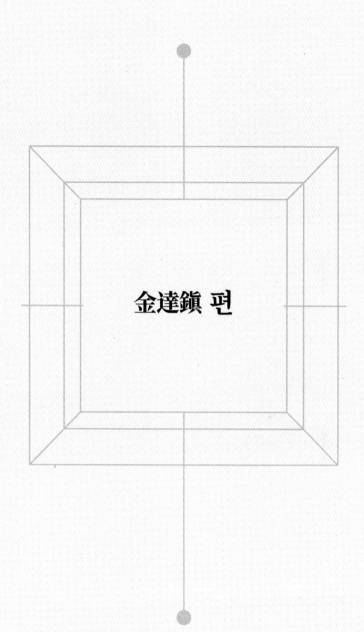

金達鎮 편

海蘭江

(『만선일보』, 1941.11.19.)

帽兒山 머리에 저녁해 넘고
갈가마귀 넓은 벌판을 어지러히 날면
千年 海蘭江 물이 흐른다.
海蘭江은 흘러 흘러 몃구비드뇨
애닳히 돌아 보아도 시원치안흔 넉시기에
구비마다 너훌저 흐느씨는 물소리여
언덕에 들국화 한포기업다
한 마리 씀부기 우름도 업다.
다리 우 첫겨울 바람에 옷깃이 차거워
눈섭씃헤 오르나리는 나그네 근심만 무겁다
그저 아득히 어둠 속에 돌아오며 귀기우리면
발자국 마다 찬 물소리 찬 마음 소리

(龍井을 쩌나며)

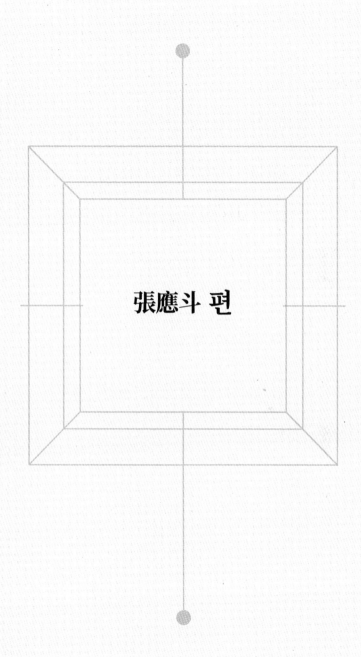

張應斗 편

鴨綠江을 건느면서

(『조선문단』 제4권 제4호, 1935.8.)

鴨綠江 지는해를 바라본이 몇이신고
누리에 恨많으니 落照도 有心하거늘
가마귀 나르는뜻은 물을대도 없어라

江숨에 배두어척 뉘를저리 기다리나
건넛벌 黃砂千里 울며간이 그지없다
이백성 편이쉴때는 어데런고 몰을레

榮華를 자랑하는 그네들은 어데가고
風笛만 江에숨어 가는客을 울리는고
흘으는 물소리조차 그저듯지 못할제

예든길 걸으리까 이마음을 꺾으리까
세월이 덧없으니 하올일이 더욱밥버
그립고 아쉬운마음날로깊어 지옵네

襤褸

(『詩建設 5집, 1938.8.)

내 언젠가 때묻고 해여진 襤褸를부끄려
매양 거름하되 머리를 숙이고
避하야 몸을 길섶으로 돌렸었느니.

波浪에 시친 갈매기의 몸매를 즐기고
어둔곳 밤그늘에 외로이 우는 올빼미를
나는 슬픈새라 미워하였었네
--이 두려운 暗黑의 구렁으로--

이제 내 다시금 華麗한 거리로
大理石 層階를 밟고 나오는 한紳士
그傲慢과 喜悅이 넘치는 거름으로
담배 煙氣를 하늘 높게 뿜는 姿勢.
나는 그만 부끄러워할줄 모르는 그의活氣에
머리를 숙였었네.

동무여 이제 내게 만일 저러한 服裝을준다면
또한 부끄러워 머리를 들지못하고

醉酊처럼 거름을 비틀거릴 바보임을

다시금 깨달었노라.

아! 몸에 追放되어

大氣속에 허매고 있는 슬픈 숨결이여!

나는 알뜰한 天痴.

뭇새가 원하야 부러워하는

鸚鵡의 재롱도 金鶯의 노래여.

  너를 닮지못하는 슬픔은 웨이다지도 외로우뇨. (戊寅春)[1]

---

1   이 작품의 저자명은 "何步"다. "하보"는 장응두의 호다. 『詩建設』 5집 1938년 8월호. 13
     쪽 참조.

피에로

(『만선일보』, 1940.12.27.)

몸은 辱된 거리에서 陰雨를맛즈나

心理는 매양 물가치 조찰할랴는 意欲.

不義를 배아터 바리고 남음이 업스되

속속드리 쇠어만 가는 純情.

너와 너는

그뉘는

憤墓처럼 제제끔 외로히도 살 어가더니

거센 아라비아의 말굽으로

자근자근 짓밟힌 花園인양.

푸른 하늘과 붉은 태양을 써바0서도

외로히 슬프게만 살어가는

나는 '피에로'란다.

언제나 도라 오랴

오 언제나 도라오랴 나의 나달이여!

헛되인 꿈 永遠히 銀河에 깃드린 꿈이더뇨.

- 柳致環兄에게 -

苦情

(『만선일보』, 1940.12.31.)

벽 한겹 넘어로 푸른 하늘이 걸렷대서

내 무슨 기쁨이리오

흙으로 싸흔 마루길래

지지리 닷는 沮害에

嘆恨하는 눈물이리오

자러 허술하야

無0한 텐둥어기에

이는 남몰래 자라는 다른 心性일러니

지난 슬기의 쭘이 榮華의 冷灰를 00히 밟고

섯다기로

내 속족은 이리도 서러우랴.

왼갓 災殃이 나를 이쓸되 이는-

내 周謀의 處方을 이바지하는 於理이매

어찌 내 嚴然한 正色을 일흐리오.

왼갓 陰謀와 虛僞가 秋霜가치 서리어

내 身邊을 노리기로

나는 오로지 歲月이 가진 한토막 時間이어라.

- 柳致環兄에게 -

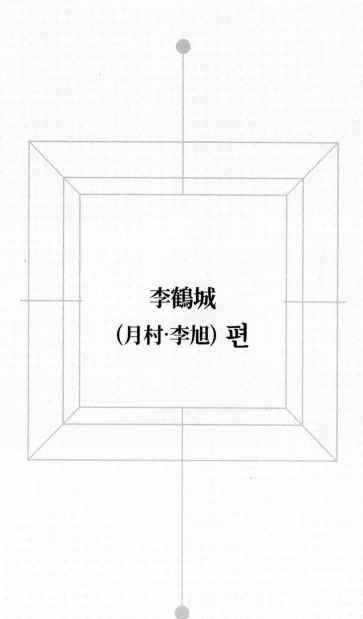

李鶴城
(月村·李旭) 편

봄숨

(『만선일보』, 1940.4.9.)

올빼미 넉이더냐

언제나 날카로운 솔개미 쓰면

지새는 안개처럼 꽁무니만 쎄고

웨-

앵도꽂밭 발자국엔

悔恨의 눈물만 고엿드냐?

너는 오늘도

故鄕을 못니저

허무러진 녯돌담밋츨 몃번이나 돌드고나!

五月

(『재만조선시인집』, 연길, 예문당, 1942.)

五月은

초록물결이 넘치는 한낮 牧場을 꾸몃다.

뜰 薔薇도 香氣품은 넓은 둔덕위

염소 등에 휘파람이 구운다.

연분홍빛 구름도 뭉기뭉기 피는데

종다리 그린 譜表를 처다보며

풀잎 피리라도 불리라.

금붕어

(북경대학조선문화연구소 편, 중국조선민족문학사대계·2,
『문학사』 2006, 53쪽, 발표지 미상, 1938년 작.)

백공작이 날개 펴는
바다가 그립고 그리워
항상 칠색무지개를 그리며
련꽃 항아리에서
까무러진 상념에
툭-툭- 꼬리를 친다.
안타까운 운명에
애가 타고나서
까만 안공에 불을 켜고
자주 황금갑옷을 떨치나니
붉은 산호림 속에서
맘대로 진주를 굴리고 싶어
줄곧 창너머로
푸른 남천에
희망의 기폭을 날린다.

捷報

(『만선일보』, 1942.8.17.)

푸른 意欲이

薔薇빗 地圖에 번지어간다.

赤道아래에는

遠狂의 隊伍와 隊伍의 行列에 스치어

決戰의 아우성

太平洋의 섬과 섬은

軍陣의 깃에 그늘지고

푸른 海水우에

두세 白鷗가 물똥을처

오돌진쑴이 물몽오리되어풍겨온다.

오직 하나인 祈願에머리를숙으리고

새론 歷史의 「이데-」를부르자

조심스러히 업드린 안데나도

世紀의 층층대를 구버본다.

이제 바다의 頌歌는 들려오나니

香氣로운 南風을 깃긋마시며

눈물이 철철흐르는 祝盃를 들자(癸)

黎明

(『만선일보』, 1942.5.11.)

우리는 太陽의 아들

오-로라를 등에지고

미래지를 가삼에안엇다.

啓示!

衝動!

創造!

碧血이 싱싱한 남역花壇에

亞細亞의 太古쩍神話가수미고

薰香이 풍기는東洋의構圖에

새世紀의 浪漫이 소용도리친다.

오! 東洋의 새봄

오! 東洋의 새아츰

百年夢

(『만선일보』, 1942.5.25.)

太陽이 첫우슴을 피는들산에
십억동포가 꼿송이에서 呼吸한다.
---한쑤리다
---한씨다
祖國의 傳說은 이씨푸른 江床에흐르고
兄弟의 碧血은 수만흔 0座에 물드럿다
직히자 疆土를
사랑하자 同胞를
어제 자장가는 구성지며
聖스러운 百年夢은 이룩햇거니 半島山河도 軍裝한다.
東方民族은 00된다.

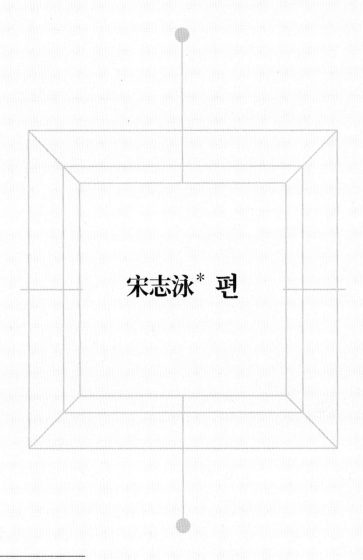

宋志泳 * 편

壯行飼 - 祝開拓地慰問團一行出發

(『만선일보』, 1940.8.20.)

安否를 뭇는길리 오며가며 壯하시라
장한길 간데족족 우슴꼿을 피우시라
오는날 모다0報를 선물삼아 주시소

遠野 거츤벌에 외로울손 흐린겨레
바람비가는날 시름인들 오죽하랴
얼사- 부여안은체 함께반겨 썰리다.

밤깁허 잠못이른 아득타故鄕꿈이
우슴이情일러라 눈물마저 情일러라
어즈버 반가운낫치 익다서다 하리오

외진길 험한모통괴로움을 탓할손가
형제 두루차자 싸쯧할손 잡아지다
손잡아 얼킨情懷를 느게0이 지이다

어허! 반가울손 네아우며 내뮜일다
三家村 서로불러 팔을벌려 마즈리라

이가을 豊年이라니 얼굴먼저 훤하리

(八月十七日 一行이 쩌나온날 새벽에)

寄懷五章

(『만선일보』, 1941.1.21.)

거울속 비친나를 나아닌양 의심는나
내요 나아님을 내어이 모르랴만
알듯이 모르는나를 더욱몰라 하노라

새벽만 깨어일어 청벼루에 먹을갈은
사뢰어 못다한말 글에나마 담으과저
어즈버 이밤도새니 마음들곳 모라라

새길두 大同大街 넓고 아니 시언한가
내대로 오고간들 어느뉘라 탓할가만
구태여 옛길을차저 나는외로 예돔네

술담배 정부친다 타고난붓 갈면다리
세상 넓다커늘 좁은양만 느끼어저
한바탕 춤도노래도 헤칠곳이 업느니

너하나 그릇칠가 열 번다져 타일르고
아침 저녁날에 가로세로 고엿거니
행여나 모진마음이 돌아설가 저허라

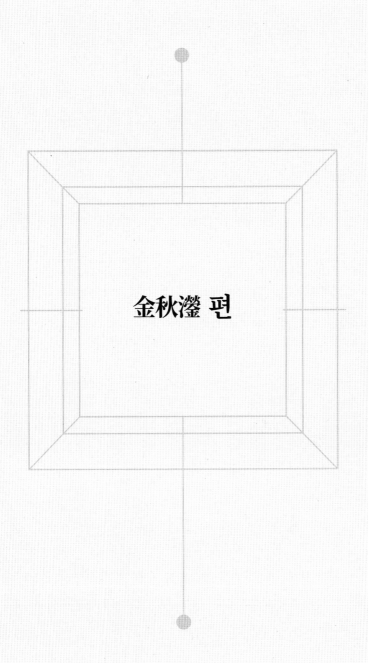

金秋灐 편

不忘花

(『만선일보』, 1940.4.24.)

나는봄아닌봄
孤寂한 心田속에서
어엿쑌꼿을보앗다.
꼿은필여고도질녀고도하지안코
사랑에 膳物인양
새ㅅ밝안 입술에서미소가흐르다
나는나비되어 날어가
꼿에안젓스려니
꼿은 나를 부르듯!
微風에고개젓건만
그와나는 하늘과 구름과 바다처럼
쬘쏫하나 너무나 멀다.
사랑스런꼿이라 내맘에심으고저
가슴에넘는情 모조리주엇더니
밉쌀스런 바람결이 派手兵이듯
꼿에다주는情못ㅂ내게하나니
꼿도 서러워
구슬픈 눈물인양

이슬이한방울 굴넛습니다
애당초썩지모할꼿이엇다면
차라리이대로 이저야할맘이라면
우슴주든그꼿에 맘이나무라지말걸!
未練깁흔꼿이여
하만흔 膳物中에 무엇이 원수기로
못닛는 그마음을 내게다 주고가뇨
아-無心히 지고마는情업는꼿이여
서러워울고지는 봄일흔꼿이여

얄루 갈 千里길

(『만선일보』, 1940.10.27.)

國境도千里로다 戀情도千里

비들피는江변에는하소도千里

어리서리구름낀 내마음은

오늘도노저어 千里길가내

江물도 千里로다 넷고장千里

쏨길에아롱저즌 배길도 千里

쏫방울에 이슬지는 내마음은

울머기는기럭싸라 千里길에 시름잇네

追憶도千里로다 未練도千里

드놉흔하늘길엔 情恨도千里

넷임의그네줄에 傷한가슴은

0쪽길천리마다 달을길입네

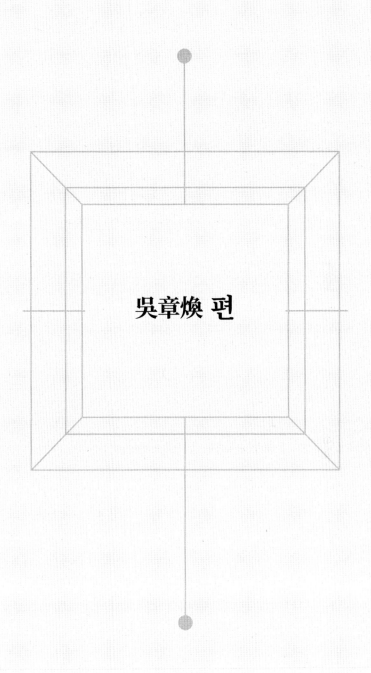

吳章煥 편

業苦

(『만선일보』, 1942.10.11.)

거리거리에 눈이 날리자 지난겨울 나는 夏服을 쌈아케 염색하야 입고 눈물을 그렁그렁 흘리며 東京의 뒤거리를 거닐엇섯다.

詩는 어듸에 잇는거신가 어디에 잇슬가? 勿論 詩가 주정뱅이들이 마시고간 빈 지갑모양 거리에 떨어진 것은 아니나 그래도 나는 어두운거리를 헤맷다.

차라리 이러한 0怨을 버리고⋯싸지생각하엿스나 역시 이것마저 버리고 나면 아모런 할 일도 내게는 才操가업다. 기약업는 流浪이라 어느 쌔에는 每日가치 求職을하러 다니다가 저녁나절 菜蔬파는집압을지나가려면 굵기가 팔쭉가튼 무릎 보고 제일 싼것에 홀리어 출출한 배를 축이고도 십헛다.

각항 물자가 비싼 중에도 무만은 한 자루에 八九錢에 지나지 안흘 것 갓다. 그러나 이것도 사먹지 못한 쌔가 거의 반이나 되엇다.

아는 사람에게 신세를 저가며 이집 저집 돌아다니며 내가 바란 것은 오즉 詩를쓰기위한 것 뿐이엇슬가?

雜誌 한 구퉁이 조그만케 綴字로 변하는 詩 한편을 쓰기 위한 것이어 슬가?

젊음을 핫되이 보내며 씃업시 쏘차다닌 것은 확실히 詩임엔 틀리지 안헛스나 참으로 詩라는 것은 내가 황망히 쏘차 다닌 그러한 것이 아니엇다.

　며칠식을 굼기도 하고 며칠식을 박에도 나가지 안코 머리는 쑥방맹이를 만들어 가지고 생각하기도 하엿다.

　결국 나는 어쩌케 살어야하는 것인가 어쩌케 살엇스면 참으로 떳떳하고 보람잇는 生命을 燃燒시킬수 잇는것인가가 아플 막는다.

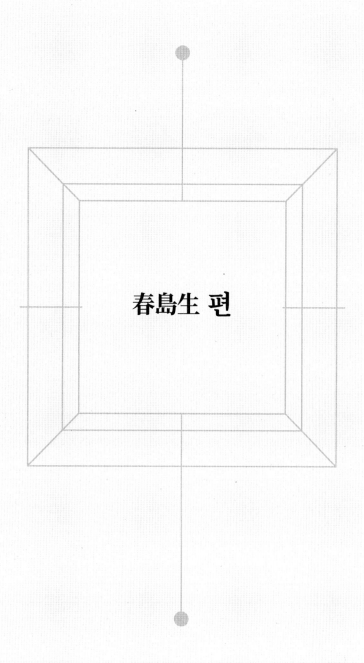

春島生 편

임자업는무덤차저풀썹는고운情景
-齊市共同墓地 慰靈祭를 보고

(『만선일보』, 1940.9.21.)

쌔는강덕七년 중추의가절 八월추석날 곳은지지하루시조선인 공동묘지 피서왓든 기럭이쎄가 싸뜻한 남쪽나라로 날너가는시절이닥처오면 임자업는무덤을차저 찬술한잔이나마부어주는일흠업는 무명초의존재만은 이즐수업는것이다.

남달은 환경과 남달은처지에서 남선북마가 동으로서으로 흘느고흘느다 최종의 '코쓰'로 지지하루역에내릴쌔엔 한푼동전이업서 지지하루조선인민회의 신세를지고 그날그날살어가든동포! 에쑤진운명에 아편중독자가되여 눈나리는북국 쓸쓸한거리에거적을쓰고 돌아간친구들의 령을위로하기위하야 남쪽나라로 날어가는 기럭이쎄를 바라보는가을날 그도八월추석이닥처오면 지지하루동포들의인정미가득찬 조선인공동묘지 위령제가 년중행사로거행되여왓는데 금년도잇지안코 지지하루동포들의 성김을다하야 추석날을마지하자임자업는 무덤을 차저위령제가 성대히거행되엿다.

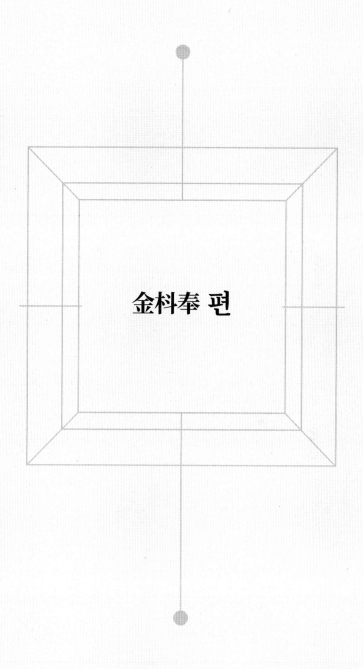

金科奉 편

胡家莊戰地吟

(『現代日報』, 1946.5.22.)

산 넘고 물 건너 하늘 끝까지 올 땐 뜻한 바 있었는데
물리칠 적을 만나 구하고 꺾다가 물가에 머무른다.
흩어져 다투고 모여 싸운 전투가 천리나 이어졌는데
헛되이 말달린 지 몇 년이나 지났던가.
어려운 병영 아직 나가지 못하는데 머리부터 먼저 세어졌고
큰 일 할 기회가 왔는데 말은 앞으로 나가지 않는다.
높은 하늘 닿을 뜻과 기상 그물 속에 엎드려 있으니
다른 날 무너진 뜻을 바로 잡으려 해지만 아득하구나.
跋涉天涯本有意/却逢周折在河邊
散爭集戰延千里/空馳虛驅過幾年
艱營未就毛先白/大事臨機馬不前
雲宵志氣網中伏/他日扶搖正渺然

(번역:오양호)

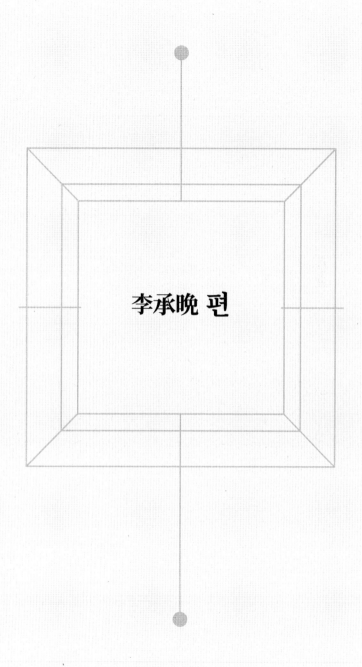

李承晚 편

나는 李承晚입니다

(兪炳殷,『短波放送 連絡運動』, (KBS문화사업단.1991.))

나는 李承晚입니다.

미국 와싱턴에서 海內海外에 散在한 우리 2천3백만 同胞에게 말합니다. 어데서든지 내말 듣는 이는 잘 들으시오. 들으면 아시려니와 내가 말하려는 것은 제일 緊要하고 제일 기쁜 消息입니다. 仔細히 들어서 다른 同胞에게 일일이 전하시오 또 다른 同胞를 시켜서 모든 同胞에게 다 알게 하시오.

나 李承晚이 지금 말하는 것은 우리 2천 3백만의 生命의 消息이오 自由의 消息입니다. 저 暴虐無道한 倭敵의 鐵網鐵系 中에서 呼吸을 自由로 못하는 우리 民族에게 이 自由의 消息이니 곧 감옥철창에서 百方惡刑과 虐待를 받는 우리 忠愛男女에게 이 소식을 전하시오 獨立의 소식이니 곧 生命의 消息입니다.

倭敵이 저의 滅亡을 재촉하느라고 美國의 準備 없는 것을 利用해서 하와이와 필립핀을 일시에 침략하야 여러 천명의 인명을 살해한 것을 美國政府와 百姓이 잊지 아니하고 報復할 決心입니다.

아직은 미국이 몇 가지 관계로 하야 大兵을 動하지 아니하였으매 倭敵이 揚揚自得하야 왼 세상이 다 저의 것으로 알지만은 얼마 아니해서 벼락불이 쏟아질 것이니 日皇히로히도의 멸망이 멀지 아니한 것을 세상이 다 아는 것입니다.

우리 臨時政府는 中國重慶에 있어 愛國烈士 金九 李始榮 趙琬九 趙素昻 諸氏가 合心行政하여 가는 중이며 우리 光復軍은 李靑天, 金若山, 柳東說, 曺成煥 여러 將軍의 지휘하에서 總司令部를 세우고 各方으로 倭敵을 抗拒하는 중이니 中國總司令官 蔣介石將軍과 그 夫人의 援助로 군비군물을 지배하며 정식으로 승인하야 완전한 독립국 군대의 資格을 가지게 되었으며 美洲와 하와이와 맥시코와 큐바의 各地의 우리 同胞가 財政을 연속 부송하는 중이며 따라서 군비군물의 거대한 후원을 연속히 보내게 되리니 우리 광복군의 수효가 날로 늘 것이며 우리 군대의 용기가 날로 자랄 것입니다.

苦盡甘來가 쉽지 아니하니 37년간을 남의 나라 영지에서 숨어서 근거를 삼고 얼고 주리며 원수를 대적하던 우리 독립군이 지금은 중국과 영미국의 당당한 연맹군으로 왜적을 타파할 기회를 가졌으니 우리 군인의 의기와 용맹을 세계에 들어내며 우리 민족의 정신을 천추에 발포할 것이 이 기회에 있다 합니다.

우리 內地와 日本과 滿洲와 中國과 西佰利亞各處에 있는 同胞들은 각각 행할 직책이 있으니 왜적의 군기창은 낱낱이 타파하시오. 왜적의 철로는 일일이 파상하시오. 적병의 지날 길은 處處에 끊어버리시오. 언제던지 어데서던지 할 수 있는 경우에는 왜적을 없이 해야만 될 것입니다.

李舜臣, 林慶業, 金德齡 등 우리 歷史의 열열한 명장 의사들의 공훈으로 强暴無道한 왜적을 타파하야 저의 섬속에 몰아넣은 것이 역사에 한 두 번이 아니였나니 우리민족의 용기를 발휘하는 날은 형령도 또다시 이와 같이 할 수 있을 것입니다.

內地에서는 아직 비밀히 준비하여 숨겨두었다가 내외의 준비가 다 되는 날에는 우리가 여기서 공포할터이니 그제는 일시에 일어나서 우리 錦繡江山에 발붙이고 있는 왜적은 일제히 함급하고야 말 것입니다.

내가 와싱톤에서 몇몇 동포와 미국 친구친우들의 도움을 받아 미국 정부와 교섭하는 중이매 우리 임시정부의 승인을 얻을 날이 기까와 옵니다. 승인을 얻난대로 군비군물의 후원을 얻을 것입니다. 그러므로 이 희망을 가지고 이 소식을 전하니 이것이 즉 자유의 소식입니다.

미국 대통령 루즈벨트씨의 선언과 같이 우리의 목적은 왜적을 파한 후에야 말 것입니다. 우리는 백배나 용기를 내어 우리 민족성을 세계에 한 번 표시하기로 결심합시다. 우리 독립의 曙光이 비치나니 일심합력으로 왜적을 파하고 우리 자유를 우리 손으로 회복합시다. 나의 사랑하는 동포여 이 말을 잊지 말고 전심하여 도행하시오.

일후에 또다시 말할 기회가 있으려니와 우리의 자유를 회복할 것이 이때 우리 손에 달렸으니 구투하라 싸워라!!

우리가 피를 흘려야 子孫萬代의 自由基礎를 회복할 것이다. 싸와라 나의 사랑하는2천 3백만 동포여!!

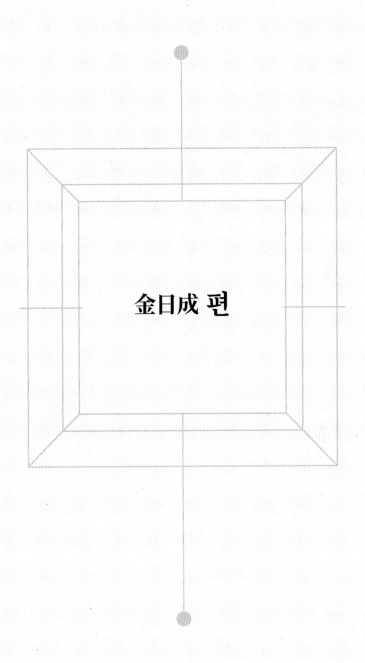

金日成 편

金日成等反國家者에게 勸告文
-在滿同胞百五十萬의 總意로-

(『三千里』, 1941.1.)

「東滿一帶에 金日成을 爲始하야 相當한 數의 反國家武裝軍이 橫在하여서, 國內의 治安을 어지럽게하고 있음으로, 그네들에게 日滿軍警에 依한「今冬의 最終的인 大殲滅戰에」前期하야 反省歸順하도록, 在滿同胞百五十萬은 同胞의 愛情으로 蹶起하야, 이제 그대에게 勸告文삐라를 飛行機로서 多數히 뿌리었다. 이것은 그 勸告文의 全文이다.」

荒凉한 山野를 定處없이 徊徘하며 風餐露宿하는 諸君! 密林의 原始境에서 現代文化의 光明을 보지 못하고 不幸한 盲信때문에 貴重한 生命을 草芥같이 賭하고 있는 가엾은 諸君! 諸君의 咀呪된 運命을 깨끗이 淸算하여야 될 最後의 날이 왔다! 生하느냐? 死하느냐? 百五十萬 白衣同胞 總意를 合하야 構成된 本委員會는 今冬의 展開될 警軍에 最終的인 大殲滅戰의 峻嚴한 現實 앞에 直面한 諸君들에게 마즈막으로 反省歸順할 길을 열어주기爲하야 이에 蹶起한 것이다. 諸君의 無意義한 浪死를 阻止하고 諸君을 新生의 길로 救出하는것은 我等百五十萬에 賦與된 同胞愛의 至上命令으로 思惟하야 全滿坊坊谷谷에 散在한 百五十萬을 代表한 各地委員은 ├月三十日 國都新京에 會合하야 嚴肅하게 諸君의 歸順하기를 勸告하기로 宣言하고 玆에 그 總意의 執行을 本委員會에 命한것이다. 民族協和의 實現과 道義

世界創成의 大理想을 把持하야 燦然히 躍進하고있는 我滿洲國에 있어서 百五十萬의同胞가 忠實한構成分子로써 國民의 義務를 다하야 光輝있는 繁榮의길을 前進하고있는데 一部에文明의 光明을 보지못하고 架空的인盲信 때문에 國家施設의 惠澤과 法律保護에서 全然離脫된 不幸한 諸君들이 尙存하는 것은 民族的인 一大汚點이뿐만 아니라 피를 함께한 諸君으로 하여금 이世上慘憺한 生活을 繼續케한다는것은 人道上座視할수없는 重大問題로서 생각하야 이에 本委員會는 百五十萬이 總意를代表하야 諸君이 한사람도 남김없이 良民이되도록 卽時 歸順하야 同胞愛속에도라오기를 嚴肅히 勸告하는바이다. 諸君은 이勸告文이 百五十萬의心血을 기우린至情과 諸君의身上을憐愍하는 따뜻한 百五十萬의 愛情의 發露임을 깨닫고 同胞愛를 離反함이없이 이機會에 飜然大悟하야 過去의 惡夢에서 깨여 新生의 大路로 나올것을 期待하는바이다. 諸君이 我等의 따뜻한 溫情속에 돌아오는 날은 本委員會는 諸君의生命을保障하는데서 나아가 諸君을 安定한生活로 引導하야 我等과 함께 男oo緣하야 平和한 生活을 보내도록할 生活安定策이 또한 諸君의 身上을 걱정하는 百五十萬의 慈愛의決品에 依하야 本委員會의 손으로 準備되어있는 것이다.

　　無批判的인 政治的盲信때문에 人生의 꽃다운 時節을 殺伐的인 險難속에서 보내고 現世 모든 便益에서 隔絶하야 날마다 生과死의 分岐路에서 彷徨하는 諸君!

　　荒野의 漂迫에 疲勞한거름을 暫間 멈추고 虛心坦懷하야 我等百五十萬의 至情을다한 勸告에 귀를 기우리라. 눈을 감어 고요히君等의 過去를 回想하여보라. 또다시 想念을 멀니楊柳느러진 그대들의 그리운故鄕 山川으로 또한 夢寐間에도 이즐수없는 그대들의 그리운 父母兄弟妻子에게 미처보라. 風露霜雪이 뼈를어이는듯한 이滿洲의 酷寒에 定處없이 彷徨하는 君等의 身上을 생각하야 눈물로 세월을 보내는 그대들의 父母의 悲歎을 君

等은 무엇으로써 報恩하려는가?

이不幸과 悲劇을 君等과 피를 함께한 我等百五十萬은 他人의일로알고 無關心하게 座視할수있도록 沒人情하고 無慈悲하지않는 것이다. 이에 我等은 이러한 不幸한狀態를 絶滅시키기 爲하야 또한 이悲劇을 超越하야 光明의 彼岸으로 君等을 救濟키爲하야 蹶起한 것이다. 人生不過 六十에 順調로운 生涯를 보낸다 하여도 本來가 行路難인 人生의 不絶한曲折은 自然 人生의無常을 慨歎케하거든 하물며 必要없는 波瀾을 이르켜 孟浪無意한 險難의生涯를 自取하고 銃劍豺狼의 威脅하에 貴重한 君等의 生命을 내여 던진다는 것은 이얼마나 無謀한 愚擧리요. 勿論 이렇게 君等을 今日의 不幸에 誘導한 動因이 君等의 素朴한 共産主義에 對한 思想的共鳴에있는 것을 我等은 聞知한다. 그러나 今日의 共産主義란 諸君의 今日까지의 全人生의 犧牲과 迷妄된 行動으로因한 모든 慘禍를 賭하야서까지 此를 固持할만큼 價値있는 思想이 아님을 徹底히 깨다라야한다. 世界大勢가 一變하고 極東의현실이 諸君의 過去共産主義에對한 流行的盲目的 追從을할때보담 全然判異한 現在에 있어서는 이에對한 識者의見解도 스스로 달르게된 것을 아러야 할 것이다. 이에끝으로 共産主義蘇聯 밋極東의 現勢에對하야 正確正한 消息을 諸君에게 傳達하야 無批判的으로 一種의 精神上痼疾이되고있는 君等의 不幸의原因인 思想上迷妄에서 卽時 깨여나오기를 百五十萬의 總意에서 다시 勸告하는바이다.

赤禍의 絶滅과 東亞의新形勢

共産主義라는 것이 人間의 物質的慾望을 均等으로 充足시키는것만을 人生目的의 第一義로하는 唯物的인 器機的인思想임으로因하야 人間精神의 美德을 抹殺시키고 더욱이 政權奪取를 爲한 그階段獨裁論과 目的을

爲하야는 手段을 가리지 안는다는 破壞的 方法論에 依하야 無用한 國內相
剋을 釀成하고 民族的 平和를 攪亂하야 殘忍한現代地獄相을 世界到處에서
演出한罪惡은 正當한 人類文化의 一大汚點이다. 그本尊인 蘇聯에 있어서
는 黨의專制를强化하는것을 社會秩序維持의 最高目的임과같이 强惡하는
殺伐의 唯物强權思想에依히야 現在의 獨裁者스탈린은 네로 以上의强力한
今日의 蘇聯政權을 獲得하였는데 이過程에있어서 彼는壹同志로써 가장 重
要한役割을 演한 所謂 레닌 在世時十二巨頭라는 人物中 칼리닌을 내놓고
는 트로츠키, 카메네프 지노비에프等 元勳을 모다 順次屠殺하였고 以外에
도 數萬의 生命이 非人道的인 赤色暴君의 權力維持를 爲하야 犧牲되고 있
는 것이다. 또한 蘇聯은 現在스탈린의 一國社會主義의 原則에基하야 트로
츠키의 積極的 世界赤化論을 斷念하고 오즉 赤色國家로써의 生存에 餘念
이없다. 오즉 外國의 共産勢力을 巧妙하게 그北方外廓으로써 利用하기爲
하여서만 各國의 共産波에 援助를 줄듯한 惡辣한 態度를 表示하여 暴力에
依한 國內秩序破壞運動을 助長하여놓고는 한번 形勢가 不利하야지면 문득
不問不知에 付하기를 例事로하야 無謀한 共産主義盲從者들은 世界到處에
서 悽慘한 被殺의 苦杯를 마신것이다. 西班牙의 人民戰線波가 蘇聯의 煽動
으로 國家主義者와 抗爭하다가 犧牲된 數는 三十七萬名에 達한다고하는데
蘇聯은 이에對하야 距離上關係로 援助할수없다고하야 結局 無謀한이들의
悲慘한最後를 黙黙坐視할뿐이였다. 그 外에도 世界各地에서 이른바 코민
테른의 保障없는 煽動에依하야 悲劇的인 最後를마친 冤鬼는數千數萬으로
써 地下冥中에서 스탈린을 咀呪하고있다. 赤色王座를 누르기爲하야는 他
의犧牲을 不願하는 煽動者의 甘言에醉하야 貴重한人生을 無價值하게 내던
지는 群盲中에 가엾은 諸君들의 映像을 發見하는 것은 實로 想像만하여도
戰慄할일이라 할것이다. 또한 最近蘇聯은 그國家主義的政策에 卽하야 相
互國內秩序의不干涉을 條件으로하야 日本에對하야는 그威武에順하야 着

着國交를 調整하고 讓步를하고있는 現實을 아는가 모르는가. 이러한 觀點에서百五十萬同胞에서 完全히隔絶된 諸君이貧弱한 數百挺의 小銃을가지고 空陸에亘한 近代的裝備를가진 世界에 比類없는 精銳한 數百萬의日滿軍에抵抗을 試한다는것은 實로 螳螂拒轍도 분수가있는일이라고 諸君의 愚劣極함을 我等百五十萬은 慨歎치 아니치못하는바이다.

日本帝國은 東亞諸民族을 이러한 殺伐的인 共産主義禍뿐아니라 一切의個人主義的인 本能的인 唯物的인 西歐的迷妄에서 警醒시켜 東亞諸民族의 아름다운 倫理의 本然한姿態에 돌아가 精神的인道義的인 國家의利益을 本位로한 東洋的인 理想社會의 新秩序를 樹立하기爲하야 이에 協同치 않고 歐米白人의傀儡가되야 抵抗하는蔣介石政權을 西蜀에까지 驅逐하야 그威武를 世界에宣揚하고잇다. 滿洲帝國은 實로 이러한東亞諸民族의 共存共榮을 實現하는 新秩序의標本으로써 이미 國內五族의 一絲不亂한 協力에 依하야 世界에 자랑할 道義世界의 創建을 國是로하야 國礎를 鞏固히하고 있다. 諸君이 文盲에서 버서지고 密林에서 뛰어나와 白日下 滿洲國發展의 驚異할 眞姿를 接하고 이에明朗한 氣分으로 建國理想을 實踐하는 한分子로써 他民族과 竝行하야 前進하고 있는 同胞들의 和樂한 生活을보면 現在의君等의 生活이 얼마나 極東의 現實과乖離된 無謀하기 짝없는 迷論妄想임을應當깨다를것이다. 朝鮮內에 있어서는 二千三百萬의 同胞는 日本帝國의 威光下에서 過去의偏頗한 民族主義的觀念을最後의 一人까지 完全히 淸算하야 日本帝國의臣民된 光榮下에서 隔世의感이있는 繁榮의길을걷고 있다. 하리하야 諸君과같은 時代錯誤의 異端者가 아직도 滿洲의 密林에서 現實을 모르고 彷徨하고있는 現實이 尙有한다는것을 알면오히려 常識으로 믿을수없는 怪異한일로 알만큼 되어있는 것이다. 日滿軍警이從來 諸君을總括的으로 集中討伐치안는 것을 奇貨로하야 겨우 山間密林地帶로 橫

行하다가 朝鮮에서 살길을찾아僻地로 移來한가엾은 最後襤褸까지를 빼서 가지 않으면 안되도록 窮境에빠진諸君은 大體 누구를위하야 스스로를 괴롭게하고 불상한 貧農同胞까지를 울게하는가? 諸君의 今日의 情狀과 諸君의 掠奪로인한 移住同胞의 哀切한 慘景은 實로 朝鮮人의 歷史에남길 骨肉相殘의 一大悲劇이라 할 것이다. 諸君과 피를 함께하야 諸君의 不幸을 我等의不幸으로 알고 被害同胞의 슬픈눈물을 함께 슬퍼하지 아니치못하는 百五十萬在滿同胞는 이事態를 그대로 座視할수있겠는가 없겠는가?

嗚呼!!密林에彷徨하는諸君!!

이勸告文을보고 卽時 最後의斷案을 내려 更生의 길로 뛰여나오라! 부끄러움을 부끄러움으로 알고 懺悔할 것도 懺悔하고 이제까지의 諸君의 世界에 類例없는 不安定한生活에서 卽刻으로 脫離하야 同胞들의 따뜻한 溫情속으로돌아오라 그리하야 君等의 武勇과 意氣를 新東亞建設의 聖業으로 轉換奉仕하라! 때는 늦지않다! 지금 곧 我百五十萬同胞의 最後의呼訴에 應하라 最善을다하야 諸君을 平和로운 生活로 引導할 本委員會의 萬般準備가諸君을 기다리고 있는 것이다.

東南地區特別工作後援會本部(新京特別市韓日通鷄林會內)

顧問;淸原範益 崔南善 中原鴻洵
總務;朴錫胤 伊原相弼 金應斗
常務委員:崔昌賢(新京) 朴準秉(新京) 李性在(新京) 金東昊(安東)金子昌三郎(營口) 徐範錫(奉天)金矯衡 (撫順) 金仲三(鐵嶺) 外 六十名.

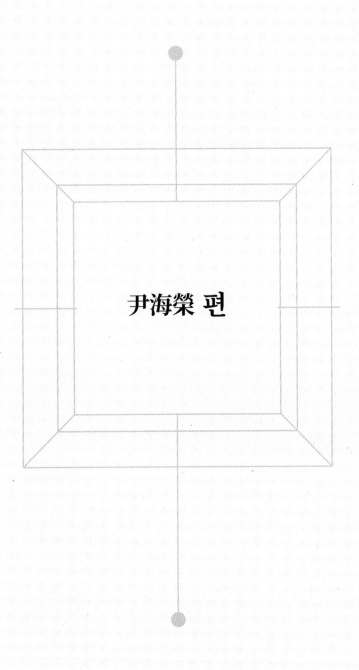

尹海榮 편

아리랑 滿洲

(『만선일보』, 新春文藝當選民謠, 1941.1.1.)

興安嶺 마루에 瑞雲이 핀다.

四千萬 五族의 새로운 樂土

얼럴럴 상사야 우리는 拓土

아리랑 滿洲가 이쌍이 라네

松花江 千里에 어름이 풀려

기름진 大地에 새봄이 온다

얼럴럴 상사야 밧들야 갈자

아리랑 滿洲가 이쌍이 라네

豊年祭 북소래 가을도 깁퍼

기러기 還故鄕 님消息 가네

얼럴럴 상사야 豊年이 로다

아리랑 滿洲가 이쌍이 라네

滿洲 아리랑[1]

(『在滿朝鮮人通信』16호, 1936.11.)

아리랑 고개를 넘어서니
새 하들 새 땅이 이 아닌가

(후렴) 아리랑 아리랑 아라리요
　　　아리랑 얼시구 춤을 추세

말밥굽 소-리 끈어지면
동-리 삽살개 잠이드네

젖꿀이 흐르는 기름진 땅에
五族의 새살림 평화롭네

븨였던 곡간에 五穀이 차고
입담배 주머니에 쇠소리 나네

보아라 東方에 이 밤이 새면
격양가 부르며 萬사람 살리.

1　이 작품은 『在滿朝鮮人通信』 16호(1936.11월호). 맨 뒷 표지에 수록되어 있다.

拓土記

(『만선일보』, 新春文藝選外佳作, 1941.1.15.)

故鄕 써나는날 진달래 썩거훗고
하룻밤 오구나니 눈이상기 싸혓구료
찬바람 滿洲벌판이 바로예가 거길네.

사나힌 城을쌋코 婦女들은 흙을날라
創世記 神話처럼 새部落은 이러젓다.
아들쌀 代代孫孫이 이쌍우에 사오리

훤-히 트인들은 널고쏘한 기름진데
우리야 소를모라 거친쌍을 일구느니
地平線 저-넘어로 봄바람은 불어온다.

樂土滿洲[2]

(『半島史話와 樂土滿洲』, 滿鮮學會社, 1943.)

一, 五色旗 너울 너울 樂土滿洲 부른다
　　百萬의 拓士들이 너도나도 모였네
　　우리는 이 나라의 福을 받은 百姓들
　　希望이 넘치누나 넓은 땅에 살으리

二, 松花江 千里언덕 아지랑이 杏花村
　　江南의 제비들도 봄을 따라 왔는데
　　우리는 이 나라의 흙을 맡은 일꾼들
　　荒蕪地 언덕우에 힘찬광이 두르자

三, 끝없는 지평선에 五穀金波 굼실렁
　　노래가 들리누나 아리랑도 흥겨워
　　우리는 이 나라의 터를 닦는 선구자
　　한 천년 세월 후에 榮華萬世 빛나리.

2　이 작품은 平山瑩澈(申瑩澈) 편 『半島史話와 樂土滿洲』(滿鮮學會社, 1943, 新京特別市) 뒤표지에
　　수록되어 있다.

저자 소개

오양호 吳養鎬

경북 칠곡 출생.
경북고등학교, 경북대학교 졸업. 영남대학교 문학박사(1981).
대구가톨릭대학교, 인천대학교 교수 역임.
日·韓交流基金을 받아 京都大에서 외국인학자 초빙교수로 연구하고 강의했다. 大山文化財團의 지원으로 정지용 시를 공역하여 『鄭芝溶詩選』(花神社. 東京)을 출판하였고, 京都에서 정지용기념사업회를 결성하여 沃川文化院의 지원을 받아 鄭芝溶詩碑를 同志社大에 건립했다. 정년 뒤에는 北京의 中央民族大學, 長春의 吉林大學에서 재만 조선인문학을 강의했다.
『1940년대 전반기 재만조선인 시 연구』(재만조선인 시 저작집 1), 『농민소설론』, 『한국문학과 간도』, 『일제강점기 만주조선인문학연구』, 『만주 이민문학연구』, 『한국근대수필의 행방』 등의 연구서가 있다. <현대문학>을 통해 평론가로 데뷔하여 『문학의 논리와 전환사회』, 『신세대문학과 소설의 현장』, 『낭만적 영혼의 귀환』 등의 평론집과 『한국현대소설의 서사담론』, 『한국현대소설과 인물형상』 등의 저서를 출판했다.
아르코문학상, 청마문학연구상 등을 받았고, 수필집 『백일홍』이 있다.
현재 인천대학교 국문과 명예교수이다.

1940년대 전반기 재만조선인 시 자료집

초판1쇄 인쇄 2022년 6월 30일
초판1쇄 발행 2022년 7월 18일

지은이 　 오양호
펴낸이 　 이대현
편집 　 이태곤 권분옥 문선희 임애정 강윤경
디자인 　 안혜진 최선주 이경진
마케팅 　 박태훈 안현진

펴낸곳 　 도서출판 역락
출판등록 　 1999년 4월 19일 제303-2002-000014호
주소 　 서울시 서초구 동광로 46길 6-6 문창빌딩 2층 (우06589)
전화 　 02-3409-2060
팩스 　 02-3409-2059
홈페이지 　 www.youkrackbooks.com
이메일 　 youkrack@hanmail.net

ISBN 979-11-6742-344-3 94810
ISBN 979-11-6742-050-3 94810 (전3권)